Le milliardaire sans limites

LUCY KING

Le milliardaire sans limites

Traduction française de
ERWAN LARHER

AZUR

HARLEQUIN

Collection : Azur

Titre original :
THE BILLIONAIRE WITHOUT RULES

HARPERCOLLINS FRANCE
83-85, boulevard Vincent-Auriol, 75646 PARIS CEDEX 13
Service Lectrices — Tél. : 01 45 82 47 47 - www.harlequin.fr
ISBN 978-2-2804-8404-6 — ISSN 0993-4448

Composé et édité par HarperCollins France.
Imprimé en juin 2023 par CPI Black Print (Barcelone)
en utilisant 100% d'électricité renouvelable.
Dépôt légal : juillet 2023.

FSC www.fsc.org
MIXTE
Papier issu de sources responsables
FSC® C159065

Pour limiter l'empreinte environnementale de ses livres, HarperCollins France s'engage à n'utiliser que du papier fabriqué à partir de bois provenant de forêts gérées durablement et de manière responsable.

1.

— Super, Alex, tu es de retour ! Tu ne devineras jamais qui t'attend dans ton bureau.

Après avoir ôté sa veste, Alexandra l'accrocha au portemanteau avec son sac et lança un regard noir à Becky. Malgré l'enthousiasme toujours aussi pétillant de son assistante, Alex n'était pas d'humeur à jouer aux devinettes. Elle venait de recevoir un énième appel l'informant qu'une piste prometteuse n'avait mené à rien. L'absence de progrès dans l'affaire sur laquelle elle travaillait depuis huit mois était à la fois exaspérante et presque inquiétante.

Après avoir découvert un certificat d'adoption en classant les papiers de son défunt père, le milliardaire Finn Calvert l'avait engagée pour enquêter sur les circonstances de sa naissance. Malgré le peu d'éléments dont elle disposait, Alex avait fini par remonter jusqu'à un orphelinat désaffecté à la frontière entre l'Argentine et la Bolivie, où des documents avaient été retrouvés dans un meuble d'archivage délabré. Comme ils laissaient à penser que son client faisait partie d'une fratrie de triplés, celui-ci lui avait immédiatement demandé de localiser ses frères. Alex avait consacré beaucoup de temps et de ressources à cette tâche, sans grand résultat.

Toutefois, l'un des frères disparus de Finn Calvert, Rico Rossi, était réapparu six semaines auparavant. Le financier italien avait en sa possession une lettre qui donnait des détails sur l'agence d'adoption à laquelle ses parents avaient fait appel trente et un ans auparavant. Hélas, cette agence n'existait plus et, malgré ses efforts, Alex n'avait pu en localiser les archives.

Même l'interview conjointe que Finn et Rico avaient récemment enregistrée, dans laquelle ils suppliaient leur frère de se manifester, n'avait donné aucun résultat.

Or Alex avait désespérément besoin d'une percée dans cette enquête, car elle ne pouvait pas échouer.

D'une part parce qu'elle avait un taux de réussite de cent pour cent, que son orgueil ne supporterait pas de voir baisser, et d'autre part parce que Finn Calvert était un client extrêmement puissant et influent qui, une fois la mission réussie, lui verserait en plus de ses honoraires un bonus stupéfiant. Sans compter qu'il la recommanderait et lui ouvrirait certaines portes, ce qui accélérerait grandement le développement et la notoriété de l'agence Osborne Investigations.

Alors, ceux qui auraient dû la soutenir, l'encourager, mais qui avaient cru qu'elle n'arriverait jamais à rien et n'avaient pas hésité à le lui dire feraient enfin profil bas. Elle aurait prouvé une fois pour toutes qu'elle avait vaincu non seulement les obstacles rencontrés en grandissant, mais aussi la peur de finir comme sa famille de bons à rien.

Déterminée à ne pas laisser passer cette chance, Alex avait tout mis en œuvre, allant même jusqu'à refuser tout autre contrat pour se consacrer pleinement à celui-ci. Néanmoins, il lui fallait à présent commencer à admettre la possibilité d'un échec. Elle allait se voir obligée d'accepter d'autres missions afin de ne pas se retrouver très vite dans une position financière délicate.

Mais Becky n'y était pour rien, et Alex n'avait pas le droit de reporter sur elle son inquiétude ou sa mauvaise humeur.

— Qui est-ce ? lui demanda-t-elle avec un large sourire.

— Notre triplé manquant.

Alex se figea, prise d'un soudain vertige. Le sol sous ses

pieds vacilla pendant une seconde. Sérieusement ? L'homme qu'elle recherchait avec tant d'acharnement depuis huit mois était ici ? Dans son bureau ? Après tant de déceptions, c'était difficile à croire.

— Becky, si c'est une plaisanterie, elle n'est pas drôle !

— Il s'appelle Max Kentala et il est arrivé il y a environ cinq minutes.

— Oh ! mon Dieu… Je commençais à perdre espoir de le retrouver un jour. Il a dû voir l'interview.

— Je ne sais pas, avoua Becky. J'ai essayé de découvrir comment il est arrivé ici, mais c'est un taiseux. Et pour être honnête, c'est assez difficile de se concentrer en sa présence : il est aussi beau que ses frères, peut-être même plus. Torride. Je me demande s'il est célibataire…

Alex sourit devant l'air rêveur et enamouré de son assistante.

— Becky ?

— Heu… Oui, désolée, se ressaisit-elle. Bref, j'ai fait entrer cet apollon aux yeux bleus dans ton bureau et lui ai préparé un café. Je vais déplacer tes rendez-vous de la journée.

— Merci.

— Rassemble tes forces !

Habituée aux penchants mélodramatiques de Becky – pas forcément utiles pour une apprentie détective privée –, Alex ignora l'avertissement et se dirigea vers son bureau. L'adrénaline faisait galoper son rythme cardiaque. Elle ne se souciait guère du fait que Max Kentala soit « torride » et se moquait de savoir s'il était marié, fiancé ou célibataire. Elle ne s'intéressait qu'aux informations qu'il apportait ; informations qui pouvaient changer la donne en faveur d'Osborne Investigations.

Prenant une profonde inspiration, Alex ramena ses épaules en arrière, fixa un sourire sur son visage et ouvrit la porte de son bureau.

— Bonjour ! lança-t-elle.

Son regard se posa sur la grande silhouette qui lui tournait le dos, debout face à la fenêtre. Larges épaules, taille fine, des hanches minces et de longues jambes, nota-t-elle. Puis son visiteur se retourna, les yeux de l'homme rencontrèrent les siens, et ce fut comme si le temps suspendait son cours. Alex frissonna. Était-ce son imagination ou bien quelqu'un avait-il allumé le chauffage ?

Becky n'avait pas exagéré, songea Alex, étourdie. Elle tâcha de rassembler ses esprits et de maîtriser l'impact puissant du regard de son visiteur. « Torride » était un euphémisme : Max Kentala était probablement le plus bel homme qu'elle ait jamais rencontré.

Pourtant, le genre « surfeur débraillé » n'était habituellement pas sa tasse de thé. Les cheveux bruns de cet homme étaient bien trop longs à son goût, et elle préférait un visage rasé de près à une barbe de trois jours. Son jean délavé était trop usé, même s'il mettait en valeur ses cuisses puissantes, et sa chemise blanche aurait eu besoin d'un bon coup de fer à repasser. Lorsqu'elle sortait avec quelqu'un – ce qui était rare puisqu'elle travaillait tard et que son ex-mari infidèle avait sapé son estime de soi –, c'était toujours avec des hommes coquets et raffinés.

Mais si Max Kentala n'était pas son genre, pourquoi avait-elle des papillons dans le ventre et la bouche sèche ? Peut-être à cause de ses yeux. Ils étaient vraiment irrésistibles, d'un bleu profond, énigmatiques. On aurait dit qu'ils renfermaient une foule de secrets, ce qui était un vrai régal pour quelqu'un dont le travail consistait à découvrir des vérités cachées. Elle avait envie de plonger dedans, de s'y perdre.

Elle avait envie de passer les doigts dans ses cheveux, de se presser contre son torse puissant.

Elle avait envie de coller sa bouche à la sienne.

Elle avait envie qu'il s'occupe de la pulsation soudaine entre ses cuisses.

Stop ! Reprends-toi, maintenant !

Alex obéit à la voix de la raison et secoua la tête. Que se passait-il ? C'était horriblement déplacé ! Cet homme était la clé qui allait lui permettre de résoudre la plus importante mission de sa carrière, alors aussi séduisant qu'elle le trouve, elle ne pouvait pas se laisser distraire. Et qu'elle n'ait pas eu de relation sexuelle depuis au moins un an n'était pas une excuse.

Elle s'avança dans la pièce d'un pas décidé et tendit la main à son visiteur.

— Alexandra Osborne, dit-elle sèchement.

Il lui adressa un bref sourire et lui serra la main.

— Max Kentala.

Le léger accent américain qui teintait la voix profonde de son interlocuteur donna à Alex la chair de poule, à son grand agacement.

— Je suis très heureuse de vous rencontrer, monsieur Kentala.

— Appelez-moi Max.

— Si vous m'appelez Alex. Je vous en prie, prenez un siège.

— Merci.

Très bien, reste cool et professionnelle, s'intima-t-elle en s'asseyant derrière son bureau. *Pas moite ni tremblante.*

— Je déduis de votre présence que vous avez vu l'interview.

Il confirma d'un bref signe de tête.

— En effet, hier.

Il n'avait pas perdu de temps. Finn allait être ravi.

— Je suppose que vous voulez que j'organise une réunion avec vos frères.

— C'est déjà fait. Je viens de les voir.

Alex tiqua. Dans l'interview, Rico avait précisé que, si quelqu'un avait des informations, il fallait contacter l'agence Osborne Investigations. Lui et son frère protégeaient leur vie privée, et elle savait que leur appel générerait plus de fausses pistes que de vraies – ce qui avait été le cas. La perspective de voir un électron libre, un franc-tireur ingérable et imprévisible se mêler de sa mission la contrariait au plus haut point.

— Vous étiez censé passer par moi, protesta-t-elle en fronçant les sourcils. Telles étaient les instructions.

— Je ne suis jamais les instructions, dit-il avec un grand sourire qui la fit fondre. Je prends mes propres dispositions.

Pas question ! pensa-t-elle, contrariée autant par ce qu'elle venait d'apprendre que par l'effet troublant du sourire de Max. Découvrir la vérité sur la naissance et l'adoption des triplés était *sa* mission. Dès le début, Finn lui avait donné une autonomie totale. Elle avait fixé les règles et établi la procédure. C'était elle la responsable. Même si elle était contente que Max soit venu, il n'avait pas à s'en mêler. Elle n'avait pas l'intention de voir ses plans d'avenir réduits à néant simplement parce qu'il avait décidé de faire les choses à sa façon. Son sang se glaçait à l'idée même de cette perspective.

Malgré son attitude décontractée, la lueur d'acier dans son regard laissait penser qu'il ne fallait pas le sous-estimer. Mais elle non plus. Elle avait abandonné une carrière toute tracée dans la police pour créer sa propre agence de détectives privés. Elle avait pris un risque énorme et travaillé très dur. Elle avait fait du chemin, mais il lui restait encore beaucoup à parcourir. Ses rêves et son ambition la poussaient chaque jour à être meilleure. Lorsqu'elle était une adolescente paumée et malheureuse, ils étaient tout ce qu'elle avait. Elle ne laisserait personne les lui retirer. D'autant plus que, si elle devait mettre la clé sous la porte, elle pourrait bien se retrouver à devoir réintégrer la police, où elle risquerait de tomber sur son ex. Ce qu'elle voulait éviter à tout prix…

Donc, à partir de maintenant, l'homme qui s'étirait avec

désinvolture dans le fauteuil en face d'elle comme s'il était en terrain conquis allait suivre ses règles à elle.

— Pourquoi êtes-vous là, Max ? Que voulez-vous ?

Max retint un sourire carnassier. Il pouvait penser à une chose ou deux…, se dit-il en observant la femme au sourire froid qui venait de lui poser cette question avec un flegme surjoué.

Pour commencer, il voulait qu'elle continue à dire son prénom de cette voix basse et rauque, de préférence en le lui soufflant à l'oreille pendant qu'il lui retirait son chemisier. Ensuite, elle pourrait ôter sa jupe et s'appuyer au bureau. Dans un monde idéal, elle enlèverait le bandeau qui maintenait sa chevelure en arrière et en secouerait la masse brune avec un sourire canaille. C'était un fantasme minable, un cliché, et il était surpris de le voir se déployer alors même qu'Alexandra Osborne n'était pas son genre – trop soignée, trop sérieuse.

Mais elle était éblouissante. Sous sa frange, elle avait de larges yeux bleu clair et de longs cils recourbés, des pommettes hautes et une bouche pleine qu'il avait du mal à quitter du regard.

Dès qu'il s'était détourné de la fenêtre et avait posé les yeux sur elle, il avait ressenti une puissante attirance. Ses muscles s'étaient tendus, son pouls s'était accéléré et sa virilité s'était réveillée. La force de cette réaction l'avait désarçonné. Il ne se souvenait pas de la dernière fois où il avait été aussi chamboulé par une femme qu'il venait de rencontrer – jamais ?

Toutefois, il n'était pas là pour une aventure brève et torride, aussi sexy que soit Alex Osborne. Il était là pour faire la lumière sur son passé et celui de ses frères.

Quinze heures auparavant, la famille de Max se réduisait

à une mère exigeante, qui vivait à New York avec son quatrième mari. Cela faisait sept ans que son père était mort, terrassé par une crise cardiaque. Celui-ci, après un divorce compliqué, l'avait abandonné pour s'installer à Los Angeles, où il avait vécu seul pendant une décennie avant de passer l'arme à gauche.

Jusqu'à la séparation de ses parents, quand il avait quatorze ans, « famille » était pour Max synonyme de constante désapprobation et de silences tendus. Il avait marché sur des œufs, dans un environnement dépourvu de véritable affection, et s'était plié en quatre pour faire plaisir sans jamais parvenir à être à la hauteur des attentes placées en lui. Il avait culpabilisé, tenaillé en permanence par le sentiment de ne pas être assez bien, assez bon, et cela avait empiré quand sa mère, personnalité égocentrique, hypersensible et dominatrice, avait obtenu sa garde exclusive à la suite du divorce.

Il avait supporté cette relation toxique parce qu'elle était sa mère. Du moins, c'était ce qu'il avait toujours cru…

Max était assis à son bureau dans sa maison des Caraïbes lorsqu'il avait vu l'interview donnée par deux hommes, Finn Calvert et Rico Rossi, qui se ressemblaient comme deux gouttes d'eau et étaient son portrait craché. Le choc lui avait coupé le souffle, et tout ce qu'il croyait savoir de son histoire et de sa famille avait volé en éclats.

Le cœur battant, il avait regardé trois fois de plus la vidéo de vingt minutes, mettant à chaque fois sur pause au moment où Rico regardait droit dans l'objectif et exhortait leur frère disparu à prendre contact avec eux. Pris de vertiges, en proie à un chaos intérieur dévastateur, il avait cru qu'il allait s'évanouir. Il s'était calmé progressivement, et la logique avait repris le dessus. Quand la myriade de questions qui ricochaient dans sa tête s'était ordonnée, il avait téléphoné à sa mère. Celle-ci lui avait confirmé qu'il avait bien été adopté dans un orphelinat en Argentine une trentaine d'années auparavant. Puis, comme si cela n'avait aucune importance, elle avait commencé à parler d'elle – son sujet de discussion favori. Abasourdi, Max avait coupé court et raccroché avant de dire quelque chose qu'il aurait pu regretter.

En tant qu'expert en cybersécurité (il travaillait pour des multinationales et des gouvernements du monde entier), il avait ensuite piraté des systèmes et des serveurs afin d'en apprendre autant que possible sur ces hommes qui pourraient très bien être ses frères. Après avoir établi, entre autres, que Finn et Rico partageaient la même date de naissance que lui et se trouvaient tous deux à Londres, il avait pris le premier vol. Dans l'avion, il leur avait écrit pour leur proposer une rencontre.

Deux heures après avoir posé le pied en Angleterre, ils étaient tous les trois assis au bar d'un palace du centre de Londres appartenant à Finn. Ils avaient remplacé le café par du champagne millésimé afin de célébrer leurs retrouvailles après une si longue séparation. Les questions avaient volé en tous sens, comme s'ils essayaient de faire tenir la moitié d'une vie en une demi-journée.

— À la santé des frères perdus depuis longtemps, dit Finn en levant son verre et en trinquant avec ses frères.

— *Saluti !* lança Rico.

— Santé ! enchaîna Max, secoué par des émotions profondes.

Avec la révélation qu'il avait été adopté, tant de questions qui l'avaient poursuivi toute sa vie avaient soudainement trouvé une réponse. Par exemple, comment pouvait-il être lié à l'un ou l'autre de ses parents, qui ne lui ressemblaient ni physiquement ni par leur tempérament ? Pourquoi s'était-il toujours senti étranger dans ce foyer ? Pourquoi rien de ce qu'il avait fait n'était assez bien à leurs yeux ? Pourquoi son père ne s'était-il pas plus battu pour lui lors du divorce ?

Ces deux hommes à la fois si ressemblants et si différents étaient sa vraie famille, il en ressentait la certitude jusque dans ses os. Ses frères. Qui partageaient son aversion pour le lait et son habileté avec les chiffres, et qui, comme lui, avaient eu des démêlés avec la justice à des degrés divers. Des personnes qu'il comprenait instantanément et vice versa. Desquelles il s'était senti plus proche en une demi-heure qu'il ne l'avait jamais été d'aucun de ses soi-disant parents.

— Tu sais comment on a atterri dans un orphelinat argentin ou pourquoi on a été séparés ? lui demanda Finn.

— Aucune idée.

— Moi non plus, dit Rico.

— Alex s'est heurtée à un mur de briques.

Max fronça les sourcils.

— Alex ?

— Alexandra Osborne, précisa Finn. La détective que j'ai engagée. Les progrès ont été pratiquement inexistants ces derniers temps, ce qui est très frustrant, mais elle n'a pas beaucoup d'éléments pour avancer.

— Et si je m'en occupais ? proposa Max.

— Tu pourrais ? demanda Rico.

— Bien sûr !

Comme il venait de terminer un contrat et que le suivant commençait dans un mois, il avait le temps. Il avait aussi des ressources. Mais il avait surtout besoin d'aller au fond des choses. Il avait passé la décennie précédente à se persuader qu'il savait exactement qui il était et où il allait. La nouvelle de son adoption bouleversait son monde. Elle avait répondu à de nombreuses questions, mais elle en avait aussi soulevé d'autres à propos de ses origines.

— J'ai accès à un vaste réseau de données et je sais où chercher, reprit-il.

— Ce serait super de connaître la vérité, dit Rico. Quelle qu'elle soit. Si tu as besoin de quoi que ce soit, fais-le-moi savoir.

— Voici les coordonnées d'Alex, ajouta Finn en lui tendant une carte de visite.

— Laissez-moi faire, répondit Max.

— Alors, pourquoi êtes-vous venu ?

La question d'Alex Osborne tira Max de ses souvenirs de la matinée. Son pouls battait un peu plus vite que d'habitude et ses sens étaient étrangement exacerbés sous le regard scrutateur de la détective.

— Je veux connaître tout ce que vous avez sur l'affaire, déclara-t-il, directif.

Lorsque la jeune femme arqua les sourcils et leva le menton dans une attitude de défi, la température de la pièce sembla baisser de trente degrés.

— Pourquoi ?

Parce qu'il avait travaillé dur pour surmonter les traumatismes de son enfance, ce qui lui avait permis de vivre dans une certaine forme d'apaisement durant une dizaine d'années ; parce que cette paix avait été brisée et qu'il avait besoin de la retrouver. Parce qu'il était prêt à tout pour complaire à ses frères. Et parce que les résultats d'Alexandra Osborne n'étaient jusqu'ici pas très probants.

— Parce que je vais prendre les choses en main à partir de maintenant.

2.

Quoi ?! Non ! Pas question !

Alex toisa l'homme assis de l'autre côté de son bureau. Il suintait l'arrogance. L'indignation qui la traversait faisait du très bon travail pour la débarrasser de l'attirance malvenue qui pétillait encore dans ses veines.

Elle avait eu raison de le considérer comme un franc-tireur capable de faire des ravages. Il représentait clairement un plus grand danger pour ses plans que ce qu'elle avait supposé au départ. Mais s'il pensait qu'il pouvait débarquer ici et prendre le contrôle de l'enquête, il se fourrait le doigt dans l'œil ! Elle n'allait pas lui donner docilement le peu qu'elle avait juste parce qu'il l'exigeait. C'était *sa* mission ; sa réputation et son avenir étaient en jeu.

— J'ai bien peur que ce ne soit pas possible, affirma-t-elle froidement.

— Pourquoi pas ?

— J'ai une clause de confidentialité avec mes clients, et Finn Calvert est mon client. Vous ne l'êtes pas.

— Si j'avais besoin de l'autorité de mon frère pour agir en son nom – ce qui n'est pas le cas –, je l'aurais. C'est lui qui m'a donné votre carte.

Alex encaissa le coup sans broncher ni baisser les yeux, malgré une confiance soudain réduite en cendres. Pourquoi Finn avait-il fait cela ? Était-il mécontent des progrès réalisés ? Avait-il demandé à Max de la virer ? Elle ne pouvait pas laisser cela se produire. Elle n'allait pas échouer et voir ses rêves tomber en poussière.

— Vous ne reprendrez pas cette affaire, déclara-t-elle, bravache.

— Depuis combien de temps travaillez-vous dessus ? demanda-t-il d'un ton doucereux qui la hérissa aussitôt.

— Un moment.

— Huit mois, non ?

— C'est compliqué.

— Alors c'est que vous cherchez au mauvais endroit.

Vraiment ? Alex avait passé des centaines d'heures à fouiller toutes les bases de données disponibles. Elle avait construit un réseau d'agents en Argentine et engagé des sous-traitants. Elle avait fureté partout où il y avait des informations potentielles.

— Qu'est-ce que vous en savez ?

— L'information est mon métier. Je suis expert en cybersécurité, ce qui me donne accès à des ressources dont vous n'imaginez même pas l'existence.

Son léger ton condescendant lui tapait sur les nerfs, et pourtant elle ne pouvait s'empêcher de se demander à quel genre de ressources Max Kentala faisait allusion. Des moyens légaux ? Illégaux ?

— J'ai des gens sur le terrain qui travaillent dur.

— Ça ne doit pas être trop difficile à trouver, répliqua-t-il avec un haussement d'épaules.

Toutefois, son attitude désinvolte ne la trompait pas, car elle avait décelé la menace sous-jacente à ses paroles : il n'avait pas besoin de sa coopération, et rien ne l'empêcherait d'aller de l'avant et de se lancer dans sa propre enquête. Il était juste ici pour prendre de l'avance.

Mais s'il se débrouillait seul, et obtenait les réponses que ses frères attendaient, alors que deviendrait-elle ? Elle ferait faillite. Serait inutile. La ratée que tout le monde s'était attendu qu'elle soit. Or cette conclusion n'était pas une option. Max n'était peut-être pas du genre à abandonner, mais elle non plus. Qu'il ait ou non l'autorité de la renvoyer, elle ne céderait pas.

En dehors de sa fierté professionnelle et des honoraires monumentaux prévus pour récompenser son succès, elle appréciait Finn et Rico. Elle voulait reconstituer l'histoire de la naissance et de l'adoption des triplés, leur donner les réponses qu'ils attendaient. Elle avait commencé ce travail, et elle avait l'intention de le terminer, même si c'était difficile. Elle se sentait responsable vis-à-vis d'eux.

— J'ai exploré toutes les pistes possibles, Max, déclara-t-elle avec le sang-froid acquis en dix ans dans la police.

— J'en doute fort.

Sans cesser de sourire à son insupportable visiteur, Alex serra les dents. Elle n'était pas incompétente, malgré ce qu'il pensait clairement.

— J'ai examiné les dossiers du personnel de l'orphelinat et les comptes bancaires. J'ai examiné les fichiers de la société et envoyé des demandes d'information. Aucune piste ne s'est révélée fructueuse. L'orphelinat, géré par des religieuses, a fermé il y a une vingtaine d'années. Tous ceux qui y travaillaient sont morts ou ont disparu. Un violent tremblement de terre a frappé la région peu après la fermeture, et toutes les archives qui se trouvaient dans le sous-sol de la mairie ont été détruites. C'est un miracle d'avoir pu retrouver vos certificats de naissance dans un recoin de ce qui reste de l'orphelinat. L'agence d'adoption était enregistrée en Suisse. Elle a également fermé ses portes il y a des années. Le seul lien que j'ai établi entre l'agence et l'orphelinat, ce sont les traces de trois gros paiements en francs suisses arrivés sur le compte bancaire de l'orphelinat à l'époque de votre adoption. Le secret bancaire suisse en vigueur à l'époque a transformé cette piste en impasse.

La seule qui n'est pas encore complètement morte est une possible correspondance ADN. J'ai envoyé celui de Finn pour analyse voilà quatre mois.

— Sans résultat à ce jour.

— Non.

— Alors c'est tout ? C'est loin d'être gagné…

Au ton dédaigneux de sa voix, Alex se hérissa de nouveau. Décidément, cet homme avait le don de la faire sortir de ses gonds, même si elle n'en laissait rien paraître.

— J'ai fait tout ce que je pouvais.

— Sauf une chose.

— Quoi ? ne put-elle s'empêcher de demander, intriguée malgré son agacement croissant.

— Y aller.

— En Argentine ?

— Non, sur la lune, ironisa-t-il, mordant. Oui, en Argentine, évidemment !

Alex décida de ne pas entrer dans le jeu de Max. Elle avait envisagé ce voyage, au début de son enquête, mais elle était arrivée à la conclusion que cela aurait pu être une coûteuse chasse au dahu qui aurait trop grevé son budget. Elle était donc restée à Londres et avait opté pour un réseau d'agents locaux pour effectuer le travail sur le terrain. Elle s'était dit qu'elle pourrait toujours y aller en dernier recours.

Or il semblait évident soudain qu'elle ne pouvait plus faire grand-chose depuis Londres. Elle n'avait plus d'options, sauf une.

— C'était la prochaine étape, mentit-elle, tout en essayant de se rappeler quels fonds il lui restait. Je compte chercher des vols cet après-midi.

— Pas besoin.

La lueur de triomphe qui brillait dans les yeux de Max la mit aussitôt sur ses gardes.

— Pourquoi ?

— Je pars pour La Posada à la première heure demain matin.

Quoi ?! faillit s'écrier Alex. Elle supposa qu'il avait appris de ses frères l'existence de la ville abandonnée dans laquelle se trouvaient les ruines de l'orphelinat, mais il commençait à aller trop vite pour elle.

— À la première heure ? répéta-t-elle, stupéfaite.

— Rico a mis son avion à ma disposition. Donc je voudrais tout ce que vous avez sur l'affaire, Alex. Noms. Dates. Lieux. Tout. Et je le veux maintenant.

Face à l'implacabilité de Max, frustration, panique et confusion tourbillonnaient dans le cerveau d'Alex. Comment avait-il osé agir dans son dos de la sorte ? Ce n'était pas à lui de prendre ce genre de décision ! Et pourtant, force lui était de constater qu'il l'avait acculée. Elle n'avait aucune marge de manœuvre. Elle était piégée.

Mais elle n'allait pas se rendre sans se battre. En fait, elle n'allait pas se rendre du tout. Aussi autoritaire, désagréable et arrogant que soit ce maudit Max, elle n'allait pas le laisser partir seul et remporter une victoire qu'elle avait tant travaillé pour arracher. Elle devait le surveiller, le contrôler. Ce qui ne lui laissait qu'une seule solution : aller en Argentine avec lui.

Ce ne serait pas forcément une mauvaise chose de l'avoir pour compagnon de route ; il pourrait même se révéler utile. Il n'était pas exclu qu'il détienne sans le savoir des informations cruciales, et il avait mentionné des ressources auxquelles elle n'avait pas accès, dont elle était curieuse de découvrir la teneur.

— Très bien, dit-elle, prête au combat. Je vous dis tout, mais à une condition.

— Laquelle ?

— Je viens avec vous.

En réponse à l'exigence d'Alexandra Osborne, chaque cellule de Max s'était rebellée. Non ! Il ne faisait équipe avec personne. Jamais. Il travaillait seul. Avait toujours travaillé seul. Enfant unique, il avait appris très tôt qu'il ne pouvait compter que sur lui-même. Aujourd'hui, la nature hautement confidentielle de ses activités le conduisait à ne faire confiance à personne. Il n'avait jamais cherché à collaborer avec quiconque et ne le souhaitait en aucun cas.

Que les performances de cette détective ne soient pas aussi mauvaises qu'il l'avait cru de prime abord n'importait pas : il ne voulait pas l'avoir dans les pattes. La quête de la vérité allait être intensément personnelle. Il devait maîtriser le ressentiment et la colère que la conversation avec sa mère avait provoqués et qui mijotaient maintenant en lui. Il devait découvrir s'il avait déjà été désiré par quelqu'un, s'il avait déjà compté. Trier les émotions qui s'étaient échappées de la boîte de Pandore serait pénible, et il n'avait besoin de personne dans cette aventure.

— Pas question ! lâcha-t-il sèchement.

— Oh ! que si ! répliqua-t-elle d'un ton tranchant.

— Je travaille seul.

— Plus maintenant.

— Je m'aligne sur ce que Finn vous paie.

— Ce n'est pas seulement une question d'argent.

— Je trouve cela difficile à croire vu le montant exorbitant de ce qu'il vous a promis.

— Cela ne vous regarde pas. Si vous voulez que je partage mes informations avec vous, je vous accompagne. Sinon, vous n'aurez rien. C'est à prendre ou à laisser.

La détermination qui brillait dans ses yeux, l'expression farouche de son visage, tout dans son attitude indiquait qu'elle était inflexible, qu'elle n'allait pas reculer. Max détestait les ultimatums, le chantage, être mis au pied du mur ; il l'avait trop subi en grandissant. De plus, il ne doutait pas qu'il pourrait trouver par lui-même les informations qu'Alex avait en sa possession. Il n'avait pas besoin d'elle. Il serait beaucoup plus efficace et concentré s'il creusait seul le mystère entourant sa naissance.

Et pourtant…

Il devait admettre que la résolution d'Alex l'intriguait. Pourquoi cette mission était-elle si importante pour elle ? Pourquoi ne pas simplement prendre l'argent et passer à autre chose ? Pour quoi se battait-elle ?

Et puis son caractère revêche, rébarbatif, presque hargneux avait un effet intense et totalement inattendu sur lui. Cette femme électrisait ses terminaisons nerveuses et envoyait de l'énergie dans ses veines. Un ardent désir s'y mêlait, alors qu'elle était à l'opposé de ce qu'il trouvait habituellement attirant. Elle était sur la défensive, susceptible, très collet monté, ce qui aurait dû le rebuter. Pourtant, il avait très envie de la bousculer, de tester ses limites, de s'attaquer à ses défenses. Jusqu'où devrait-il aller pour les briser ?

Il ne lui était pas insensible, malgré ses tentatives pour le cacher. Max avait perçu l'éclair de chaleur dans ses yeux au moment où ils s'étaient rencontrés. Il avait noté ses joues rosies avant qu'elle ne se reprenne et lui tende froidement la main. Elle était aussi attirée par lui qu'il l'était par elle. Quel bonheur ce serait de l'apprivoiser, de l'assouplir jusqu'à ce qu'elle soit dans ses bras et le supplie de la dégeler complètement ? À quel point leur mélange serait-il explosif ?

L'envie de trouver les réponses à toutes les questions qui lui trottaient dans la tête le taraudait. Et si, au lieu de rejeter sa proposition, il lui permettait de l'accompagner en Argentine en échange de tout ce qu'elle savait ? Il n'avait guère intérêt à refaire le travail qu'elle avait déjà effectué. Cela ne ferait que lui faire perdre du temps, et deux têtes seraient plus efficaces qu'une. D'autre part, il devrait trouver à s'occuper pendant les temps morts de son enquête : séduire Alexandra Osborne serait une distraction bienvenue.

Avec les femmes, Max ne croyait pas en l'engagement. Selon lui, toute relation qui commençait à durer était vouée à devenir toxique, à engendrer de la manipulation. Aussi les siennes étaient-elles brèves. Plus elles l'étaient, moins on avait de chances d'être déçu, ou de se retrouver piégé par les sentiments, les émotions, victime de chantage affectif. Alex, malgré l'intensité inédite de leur attirance réciproque, ne ferait pas exception. Il faudrait juste la persuader d'accepter une aventure. Il se donnait trente-six heures pour arriver à ses fins.

— Très bien, dit-il avec un lent sourire. Aéroport de London City. 7 heures demain matin. Ne soyez pas en retard.

3.

Dès que Max avait quitté son bureau, Alex avait réorganisé son agenda, donné des instructions à Becky pour que celle-ci gère l'agence en son absence, puis elle était rentrée chez elle pour faire ses bagages.

Après quelques heures de recherche suivies d'une nuit agitée, hachée, elle s'était levée à l'aube et s'était rendue à l'aéroport avec deux heures d'avance – elle était davantage du genre à arriver vingt minutes plus tôt que vingt secondes en retard.

Les membres de l'équipage étaient déjà là et l'avaient installée dans le luxueux salon du jet privé, où elle avait passé en revue les notes qu'elle avait prises la veille et la liste des questions qu'elle voulait poser à Max. Celui-ci lui avait expressément demandé d'être à l'heure, pourtant, à sept heures moins cinq, il n'était toujours pas là…

Après tout, plus elle avait de temps pour se préparer à l'effet crispant qu'il avait sur elle, mieux c'était. Car, à son grand désespoir, il avait été dans son esprit presque constamment à partir du moment où il était sorti de son bureau. Son odeur épicée, masculine, délicieuse, était restée dans l'air. L'intensité avec laquelle il l'avait regardée était gravée dans sa mémoire, et elle pouvait encore sentir une étrange excitation bourdonner dans son bas-ventre. Ensuite, chaque fois qu'elle s'endormait, elle rêvait de lui. Il était dans son bureau, incandescent, et quand il se levait, ce n'était pas pour partir. Il la soulevait de sa chaise, la couchait sur son bureau et l'emmenait au septième ciel avec une sensualité et un savoir-faire consommés. Alex avait perdu le compte du nombre de fois où elle s'était réveillée en sursaut, brûlante et essoufflée, entortillée entre les draps.

Elle n'avait aucune idée de la raison pour laquelle Max suscitait une réaction aussi forte en elle alors que ses frères, tout aussi séduisants, la laissaient le marbre. Il avait beau être incroyablement sexy, il n'était toujours pas son genre et elle ne lui faisait pas confiance.

Le dernier sourire qu'il lui avait adressé, lent et dévastateur, était particulièrement inquiétant. Il lui avait évoqué des secrets, et, s'il y avait une chose qu'elle détestait, c'était les secrets. Son ex-mari en avait eu beaucoup, principalement des femmes, et quand elle les avait découverts, ils l'avaient crucifiée et humiliée.

Qu'est-ce que Max avait à cacher ? se demanda-t-elle en buvant son quatrième café de la matinée. Elle avait le sentiment troublant que cela l'impliquait d'une manière ou d'une autre. Néanmoins, peu désireuse de se perdre en suppositions sur les desseins cachés de Max alors qu'elle était là pour travailler, elle chassa ces pensées parasites. Elle pourrait facilement gérer l'effet qu'il avait sur elle. Divorcée de trente-trois ans, elle n'était pas née de la dernière pluie. Elle avait vécu toutes sortes d'expériences, rencontré différents types de personnes et traversé nombre de difficultés. Elle était devenue experte dans l'art de dissimuler ses véritables sentiments sous une surface imperturbable, et elle ne voyait aucune raison pour que ce ne soit pas le cas avec Max.

Dès qu'il serait là, elle commencerait par découvrir ce qu'il savait – en supposant qu'il ait toujours l'intention de prendre ce vol, songea-t-elle en consultant sa montre. Le site Internet de la société de Max avait révélé à Alex qu'il consultait dans le monde entier. Apparemment, il était une sorte de génie de l'informatique, très demandé. Son CV et ses références – que rien dans son apparence de surfeur ébouriffé n'avait laissé deviner – l'avaient sidérée.

Pourtant, elle était bien placée pour savoir que les apparences pouvaient se révéler trompeuses. Ainsi, personne dans cet incroyable jet privé n'aurait pu imaginer que c'était la première fois qu'elle grimpait à bord d'un tel appareil. Personne, en rencontrant son ex-mari, un homme charmant, beau et affectueux, n'aurait pu l'imaginer menteur et infidèle. Personne, en voyant ses parents, ses frères et sa sœur, à qui l'on donnerait le bon Dieu sans confession, n'aurait pu imaginer qu'ils trichaient, trompaient, arnaquaient et volaient comme ils respiraient.

Pourtant, si l'habit ne faisait pas le moine, Alex ne pouvait s'empêcher d'imaginer Max en costume. Un bleu marine, pour aller avec la couleur de ses yeux. Avec une chemise bleu pâle impeccable ouverte au col pour révéler une partie de son large torse musclé…

Stop ! s'intima-t-elle. *Ressaisis-toi !*

À ce moment-là, Alex sentit l'air autour d'elle se modifier. La chair de poule lui hérissa la peau et un frisson naquit au creux de son ventre. Elle tourna la tête vers l'avant de l'avion.

Max se tenait à l'entrée de la cabine, parfaite incarnation de la virilité. Il se dirigea vers elle et jeta son sac sur l'un des deux canapés en cuir souple couleur crème.

— Bonjour.

— Bonjour. Et bravo pour la ponctualité ! ajouta-t-elle, mordante.

— Je suis en retard ? s'étonna-t-il en haussant les sourcils.

Eh bien, non. En réalité, il ne l'était pas, mais Alex avait l'impression qu'un essaim d'abeilles avait élu domicile dans son estomac, et cela la rendait irritable.

— Il s'en est fallu d'un rien.

— Laissez-moi deviner : vous êtes ici depuis des heures.

— Inutile d'être aussi méprisant, répliqua-t-elle, froissée par la pointe de moquerie qu'elle avait décelée dans sa voix.

Certes, elle avait peut-être été un peu trop zélée en arrivant aussi en avance, mais elle n'avait jamais voyagé qu'en classe économique. Elle n'avait jamais eu le loisir d'emprunter un jet privé aux superbes surfaces en noyer luisant, à la profonde moquette beige, aux tasses en porcelaine.

— C'est vous qui avez ouvert les hostilités en m'accusant d'être en retard. Restons-en là, voulez-vous ?

Max carra sa longue silhouette dans le siège en face d'elle et boucla sa ceinture. Son genou heurta légèrement le sien. La secousse que ce simple contact anodin envoya dans son corps aurait pu alimenter une ville en électricité pendant une semaine.

Seigneur… Qu'est-ce qui ne va pas chez toi ? se demanda Alex, le cœur battant comme un marteau-piqueur. Elle était normalement si pondérée et calme : où était passé son sang-froid ? Pourquoi cet homme ? Pourquoi maintenant ? Et quand l'air conditionné allait-il se mettre en marche ? Il faisait si chaud dans cette cabine ! Heureusement, Max consultait son téléphone et n'avait donc sans doute pas remarqué son absurde et excessive réaction.

Une minute plus tard, les réacteurs se mirent en marche et l'appareil s'éloigna de l'aérogare. Alex se fit la morale. Les réponses de son corps à la présence de l'homme magnifique assis en face d'elle n'étaient pas seulement ridicules, elles étaient totalement inacceptables. Comment faire avancer l'enquête si elle n'était pas capable de travailler aux côtés de Max sans devenir une épave tremblante ? Et il serait dangereux qu'il devine à quel point il l'affectait. Il pourrait en venir à mettre en doute son professionnalisme et ses compétences.

Le temps qu'ils soient dans les airs, la respiration lente et régulière qu'Alex avait adoptée pour calmer son pouls avait eu l'effet désiré. Elle se sentait suffisamment maîtresse d'elle-même pour commencer à poser les questions qu'elle avait compilées.

— Comment ça s'est passé avec vos frères, hier ?

Quand elle avait parlé à Finn après le départ de Max, pour vérifier subtilement qu'il n'avait pas l'intention de la virer, il avait mentionné le fait que les trois frères avaient prévu de passer l'après-midi ensemble.

Max leva les yeux et, malgré tous ses efforts pour contrôler sa réaction, Alex eut le souffle coupé par l'intensité de son regard.

— Bien. La journée s'est prolongée par un dîner, puis un verre. J'ai fini par dormir à l'hôtel de Finn.

— Vous avez un peu rattrapé le temps perdu.

— En effet, affirma-t-il avec un sourire aveuglant.

— Vous vous entendez bien ?

— Exceptionnellement bien.

Il était manifestement aux anges d'avoir retrouvé ses frères. Une pointe de jalousie la traversa. Elle avait trois frères et sœurs, avec lesquels elle n'avait absolument rien en commun sinon une incompréhension mutuelle. Ce serait tellement génial de pouvoir compter sur une personne qui la comprendrait instinctivement ! Qui l'accepterait inconditionnellement comme elle était, avec ses défauts et son caractère. Son ex-mari ne l'avait jamais vraiment comprise, ni aimée pour elle-même – peut-être pas appréciée du tout, d'ailleurs. Son besoin de sécurité et son conformisme l'avaient poussée à se marier trop tôt, sans avoir pris le temps d'être sûre de son choix. Elle aurait pu s'épargner des années passées à panser son cœur blessé, et bien des regrets.

— Saviez-vous que vous aviez été adopté ? demanda-t-elle, chassant ses idées noires.

— Je l'ai appris il y a deux jours.

— Comment vous êtes-vous senti quand vous l'avez découvert ?

— Soulagé.

— Ah bon ?

— C'est compliqué.

— D'après mon expérience, tout ce qui touche à la famille l'est.

Le regard de Max se fit perçant et interrogatif.

— En quoi la vôtre est-elle compliquée ?

La sienne ? La question était plutôt : en quoi n'était-ce *pas* compliqué ? Elle était si différente des autres membres de sa famille que, ironiquement, elle avait pensé pendant des années qu'elle avait été adoptée.

Elle avait grandi dans une cité HLM délabrée. Ses parents vivaient grâce aux aides de l'État et à de petits boulots. Elle aspirait à plus, à mieux, mais tant à l'école qu'à la maison, personne ne la confortait vraiment dans ses ambitions. Lorsqu'elle avait exprimé son intérêt pour l'université, on lui avait demandé pourquoi elle se trouvait si spéciale et on lui avait conseillé de ne pas viser trop haut. Face à un tel manque de soutien, Alex avait cherché une autre issue et rejoint la police. Sa famille, qui nourrissait une profonde méfiance à l'égard des autorités, avec lesquelles elle avait eu plus d'une fois maille à partir, avait considéré ce choix comme une trahison et ne lui avait jamais pardonné. Aujourd'hui encore, ce rejet était douloureux.

— Je ne faisais pas référence à ma famille, mentit-elle, peu désireuse de s'étaler à ce sujet. Je voulais simplement dire que j'avais vu beaucoup de problèmes familiaux à travers mon travail. Parlez-moi de la vôtre : cela pourrait être utile.

— Je ne vois pas en quoi, rétorqua-t-il en fronçant les sourcils.

— Laissez-moi en être juge. Malgré ce que vous pensez, Max, je suis bonne dans mon travail. Finn ne m'a pas engagée par hasard, au lieu de choisir une grande agence ayant pignon sur rue. Je ne laisse rien au hasard. Je suis tenace. Mais je ne peux être la meilleure que si j'ai tous les éléments.

Il la regarda un moment, puis fit un bref signe de tête.

— Bon, d'accord, lâcha-t-il. Mon père a eu une crise cardiaque fatale il y a sept ans.

— Je suis désolée d'entendre ça.

— Ma mère vit à New York. Ils ont divorcé quand j'avais quatorze ans.

— Lui avez-vous parlé de votre adoption ?

— Brièvement.

— Qu'est-ce qu'elle a dit ?

— Elle prétend ne pas se souvenir de grand-chose.

Alex écarquilla les yeux, choquée. Sa mère ne se souvenait pas des détails relatifs à l'adoption de son fils ? Comment était-ce possible ? N'avait-il pas posé les bonnes questions ?

— Elle peut être compliquée, reprit-il.

— J'aimerais lui parler. Je dois explorer cette piste.

Max poussa un soupir contrarié. Alex nota qu'il semblait soudain tendu et sur la défensive.

— Il est trop tôt pour l'appeler.

— À la minute où nous atterrirons, alors.

— Vous avez pris un petit déjeuner ? demanda-t-il tout à trac.

Intriguée par ce brusque changement de sujet de conversation, Alex ne releva pas. Elle devait d'abord trouver un moyen de contourner les barrières érigées par Max.

— Non.

— Eh bien, je ne sais pas vous, mais moi, je suis affamé.

4.

Max se leva et se dirigea vers le buffet, sur lequel trônaient un plateau de charcuterie et de fromages, des coupes de fruits et un panier de pâtisseries et de petits pains. Il n'avait aucune envie de parler de sa mère à qui que ce soit, encore moins à Alex.

En général, il essayait de penser à Carolyn Stafford, ex-Warwick, ex-Browning, ex-Kentala, ex-Green aussi peu que possible. Il l'avait décrite comme difficile, mais c'était un euphémisme. Elle était impossible et l'avait toujours été. Tout tournait autour d'elle, rien n'était jamais assez bien pour elle, et sa capacité à trouver des défauts chez autrui ne connaissait aucune limite.

Il se souvenait encore très bien de la fois où il s'était cassé la jambe, à l'âge de huit ans. Elle avait dû annuler un déjeuner pour l'emmener à l'hôpital et, sur le chemin, lui avait fait savoir en termes très clairs à quel point il était un fardeau. Le souvenir des silences glacials qu'elle lui avait opposés lorsqu'il n'avait pas répondu à l'une ou l'autre de ses attentes avait eu le pouvoir de l'oppresser pendant des années.

Encore aujourd'hui, elle déformait les mots et les situations à son avantage et essayait de le manipuler, de le contrôler. La différence, c'était que l'armure que Max avait construite au fil des ans pour se protéger d'elle était épaisse et solide comme l'acier.

Tout en se préparant une assiette de nourriture, il chassa de sa tête toute pensée relative à sa mère. Ce qu'il voulait faire, c'était prendre Alex par la main, l'emmener dans la chambre à l'arrière de l'appareil et l'y garder jusqu'à l'atterrissage.

Après avoir quitté son bureau, la veille, il l'avait éliminée de son esprit et était retourné auprès de Finn et Rico ; le besoin de renouer avec eux avant son départ était son objectif numéro un. Le déjeuner s'était prolongé, puis ils avaient passé l'après-midi ensemble, le dîner, et s'étaient séparés tard dans la nuit.

Pourtant, à la seconde où il était monté dans l'avion, il avait senti la présence d'Alex et en avait oublié ses frères et sa mission.

Ce matin, elle portait un élégant tailleur-pantalon gris. Ses cheveux étaient attachés en un chignon soigné, sa frange était impeccable, mais il se surprenait à apprécier ce look austère. Cela lui donnait envie de libérer sa chevelure et de découvrir ce qui se cachait sous la froide surface.

Il ne s'inquiétait pas de la désapprobation évidente – tellement stimulante – qu'elle manifestait à son encontre : nul doute qu'Alex l'exagérait pour s'en servir de bouclier contre leur alchimie. Et puis ce n'était pas comme s'il cherchait autre chose qu'une relation purement physique avec elle.

— Donc, d'après mes calculs, dit Alex, coupant court à ses réflexions, si on tient compte du changement de fuseau horaire, nous devrions atterrir à La Posada dans l'après-midi.

Max ouvrit un petit pain et l'arrosa d'huile d'olive.

— Nous faisons d'abord une escale aux Caraïbes.

— Ah bon ?

Alex, qui portait une viennoiserie à ses lèvres, suspendit son geste. Elle semblait contrariée.

— Isla Mariposa. C'est une île au large de la côte nord du Venezuela. Je vis là-bas. On devrait atterrir en milieu de matinée, heure locale. Nous partirons pour l'Argentine demain.

— Je vois…, commenta-t-elle froidement après un bref silence.

Max leva les yeux et constata qu'elle le fixait avec des poignards dans le regard, les joues rosies par la colère. Aussitôt, le sang se mit à rugir dans ses veines. Bon Dieu ! pourquoi la voir furieuse lui faisait-il autant d'effet ? Il croisa les jambes et pria pour qu'elle ne remarque pas la bosse qui commençait à déformer son jean…

— Est-ce un problème ? demanda-t-il avec douceur.

— Oui, c'en est un.

— Nous aurons besoin de faire le plein et l'équipage devra faire une pause. Il faut aussi que je prenne des vêtements. Il fait froid là où nous allons. La Posada se trouve à trois mille quatre cents mètres au-dessus du niveau de la mer ; le climat y est froid et semi-aride. À cette époque de l'année, la température est en moyenne de dix-sept degrés le jour et chute à moins quatre degrés la nuit.

Alex leva les yeux au ciel comme si elle n'avait jamais rien entendu de plus ennuyeux de sa vie ; sa main balaya avec dédain l'espace devant elle.

— Je sais tout cela. Là n'est pas le problème.

— Où est-il, alors ?

— C'est vous, le problème ! lança-t-elle. Vous prenez unilatéralement des décisions sans en discuter avec moi.

Stupéfait par cette explosion inattendue, Max s'assit.

— Si j'avais su que c'était si important, je vous aurais envoyé le plan de vol.

— Ce n'est pas seulement ça, dit-elle avec fougue. C'est la façon dont vous avez organisé une rencontre avec Rico et Finn alors qu'on vous avait spécifiquement demandé de passer par moi. Et puis la réquisition de l'avion de Rico pour aller seul en Argentine.

— Auriez-vous préféré un vol commercial ?

— Ce n'est pas la question. C'est moi l'expert ici. C'est mon domaine, Max. Et c'est *ma* mission.

— Je préfère penser que c'est *notre* mission.

Alex leva les mains en signe d'exaspération. Il pouvait pratiquement voir la vapeur s'échapper de ses oreilles, ce qui lui aurait arraché un sourire s'il n'avait pas pensé qu'elle lui jetterait alors son croissant au visage.

— Mais vous avez raison, reprit-il, apaisant. Je suis désolé. C'est la première fois que je travaille avec quelqu'un.

Alex le dévisagea d'un air soupçonneux pendant un long moment.

— Sérieusement ? marmonna-t-elle enfin.

— Je suis obsédé par la confidentialité.

— Vous ne faites confiance à personne ?

— Pas dans le travail.

Ni dans aucun autre domaine de sa vie, mais Alex n'avait pas besoin de le savoir.

— Eh bien, il va falloir commencer, dit-elle en piquant un morceau de kiwi avec sa fourchette. Vous allez vite vous habituer à travailler avec moi.

Si elle croyait cela, elle se fourrait le doigt dans l'œil, songea Max. Toutefois, il ne l'attirerait pas dans son lit en restant dans le conflit et la confrontation. Il devait donc se montrer conciliant, en apparence du moins.

— Je vais m'efforcer de m'améliorer. Dans cet esprit de collaboration, sachez que ma villa a des appartements pour les invités ; j'ai pensé que vous aimeriez en bénéficier, mais sentez-vous libre de réserver une chambre d'hôtel si vous préférez.

Son air renfrogné se dissipa et Alex sembla se calmer, comme s'il avait fait tomber le vent de l'indignation de ses voiles.

— Non, votre chambre d'amis sera parfaite. Et puis je ne voudrais pas faire de dépenses inutiles.

— Cette enquête signifie beaucoup pour vous, n'est-ce pas ?

— Chaque enquête compte énormément pour moi, répondit-elle avec sérieux. Et elles ont toutes des règles. J'apprécierais que vous en teniez compte autant que vous dites respecter la confidentialité.

— Impossible, j'en ai peur.

— Pourquoi pas ?

— Les règles sont faites pour être transgressées.

— Pas les miennes.

— Vous semblez très catégorique.

— Je le suis.

Max l'observa couper proprement un pain au chocolat en deux. Le genre d'affirmation qu'elle venait de proférer était presque aphrodisiaque pour un homme comme lui, qui ne se trouvait pas confronté à une règle sans avoir immédiatement envie de l'enfreindre.

Certes, l'époque où il s'insurgeait contre l'autorité et défiait le système était révolue depuis longtemps. Des démêlés avec le FBI à l'âge de vingt ans pour avoir piraté les panneaux d'affichage numériques de Times Square lui avaient fait reconsidérer son besoin de créer le chaos, mais cela ne signifiait pas que l'envie avait complètement disparu.

— Ça sonne comme un défi, lança-t-il avec un soupçon de provocation.

Alex lui retourna un regard qui brillait comme un avertissement.

— Croyez-moi, ce n'est absolument pas le cas.

Il prit une bouchée de son petit pain et nota avec intérêt que le regard d'Alex s'attardait sur sa bouche un bref instant.

— Quel est l'intérêt de suivre les règles ?

— D'abord, la société ne fonctionnerait pas sans elles.

Elles favorisent un monde civilisé et empêchent l'anarchie. À titre personnel, je dois admettre que j'aime l'ordre et la discipline.

— Pourquoi ?

— J'ai grandi sans l'un ni l'autre. J'ai fini par en voir les avantages.

— Famille compliquée, donc ?

— Peut-être, admit-elle avec une légère inclinaison de la tête. Mon éducation a été chaotique.

— Le chaos peut avoir du bon.

Se révolter lui avait en tout cas permis de supporter son adolescence, avant que son arrestation ne lui donne l'occasion de se remettre en question.

— Vous êtes sérieux ?

— Les périodes les plus révolutionnaires de l'Histoire sont les plus fécondes artistiquement et scientifiquement. Pensez aux Médicis.

— Les plus calmes ont aussi vu naître de belles inventions. Pensez au téléphone. Mais dites-moi plutôt ce que vous avez contre les règles ?

Elles étouffaient la créativité. Elles mettaient en place des limites souvent arbitraires et inutiles. Mais surtout, elles représentaient une autorité qu'il n'avait jamais eu de raison de respecter.

Max avait commencé le piratage informatique à l'âge de douze ans, pour échapper aux disputes à la maison, aux critiques constantes de sa mère et au manque d'intérêt de son père pour lui. Non seulement il avait pris un plaisir fou à enfreindre la loi, mais surtout, il avait intégré une communauté, qui considérait l'échec comme un outil d'apprentissage précieux, qui célébrait la moindre réussite et qui avait accepté Max sans condition. Cela lui avait donné le sentiment d'appartenance dont il avait besoin, et il était très vite devenu accro à cette nouvelle famille.

Son talent précoce et ses premiers succès s'étaient rapidement transformés en compétences impressionnantes ; à l'âge de dix-sept ans, Max avait acquis la réputation d'être le meilleur dans son domaine. Il avait gagné l'estime de ses pairs – un respect clandestin, certes, mais un respect quand même – et il l'avait accueillie avec gratitude.

Alors que certaines de ses connaissances avaient volé des données sensibles pour les revendre au plus offrant et que d'autres avaient rançonné des entreprises en installant des logiciels malveillants, ces chemins-là ne l'avaient jamais séduit. Ce qui l'intéressait, c'était de casser des systèmes et de semer le chaos. Cela lui donnait du pouvoir alors que, chez lui, il n'en avait aucun.

Le pouvoir qu'il possédait aujourd'hui, il l'avait acquis par des voies légitimes, aussi le chaos n'avait-il plus d'attrait. Pourtant, il y avait toujours une partie de lui qui regrettait cette époque et qui la regretterait toujours.

— Je suis un rebelle dans l'âme, déclara-t-il en guise de conclusion avec un lent sourire.

— Tant que vous ne vous donnez pas pour mission de m'attirer vers le côté obscur, on devrait bien s'entendre.

Alex remercia l'hôtesse de l'air qui débarrassait les reliefs de leur petit déjeuner, puis replongea dans ses réflexions. C'était facile pour Max de se moquer de son besoin de règles : il ne pouvait pas comprendre la soif de stabilité et de paix qu'elle avait développée en grandissant.

La maison avait été un endroit bruyant et perturbateur. Ils vivaient à six dans un appartement exigu de trois chambres, au dix-huitième étage d'une tour décorée de graffitis, éclairée par de faibles ampoules vacillantes et aux parties communes jonchées de mégots de cigarettes et d'emballages de fast-food.

Elle avait partagé un lit superposé avec sa sœur, puis le bébé de celle-ci, sa nièce, les avait rejointes. Ses frères aînés, qui partageaient une autre chambre, allaient et venaient à toute heure ; où et pour quoi faire, elle n'avait jamais osé le demander. Ses parents considéraient que la discipline et des repas réguliers constituaient un trop grand défi, donc chacun vivait à sa guise, d'autant plus que l'école aussi était facultative dans leur vision laxiste de l'éducation.

Comme il était impossible d'étudier chez elle, Alex passait une grande partie de son temps à la bibliothèque. C'était là qu'elle était tombée sur Aristote et ses réflexions sur l'État de droit. Cette découverte avait été libératrice. Elle avait réalisé qu'il n'y avait rien de constructif dans le mode de vie insouciant et irresponsable de sa famille. Elle avait alors cessé d'essayer de se modeler pour se faire accepter et s'était concentrée sur la recherche d'une échappatoire.

En s'imposant des règles, elle était sortie du chaos. Elle avait suivi assidûment son cursus scolaire et s'était orientée vers une carrière dans la police, où le sens de la hiérarchie et l'approche méthodique des choses avaient comblé son besoin de structure.

Certes, le cadre qu'elle s'était construit laissait peu de place à l'audace et à l'aventure, mais c'était une ligne de conduite sûre, sur laquelle elle pouvait compter. Elle ne voulait plus revivre l'inquiétude de savoir où se trouvait son père et quand il reviendrait, ou l'angoisse de voir un membre de sa famille partir en prison à chaque fois que l'on frappait à la porte.

Savoir qu'elle partageait le même ADN qu'eux était une préoccupation constante. Que se passerait-il si elle se relâchait ? En combien de temps les gènes l'emporteraient-ils et la condamneraient-ils à un avenir fait de petits délits et de peu d'espoir ? Elle ne pouvait pas laisser cela se produire.

Elle ne voulait pas vivre comme ses proches. Elle voulait une existence stable, respectueuse des lois, sans surprises.

En revanche, Max voyait les règles comme des obstacles à plier et à briser. Essaierait-il d'enfreindre les siennes ? Jusqu'où irait-il ? Et comment réagirait-elle ?

Elle se défendrait, comme elle l'avait fait depuis le début d'une carrière de femme dans un monde d'hommes – ce qui l'obligeait à travailler deux fois plus dur. Elle ne voulait pas qu'il se mêle de ses plans, de sa vie, juste parce qu'il en avait la fantaisie. Elle ne voulait pas non plus qu'il s'intéresse à elle. Elle n'avait besoin de l'attention de personne. Elle était très heureuse toute seule depuis son divorce. Elle n'avait pas besoin du stress d'une autre relation, si par extraordinaire elle trouvait un jour en elle la force de faire confiance de nouveau.

Et puis Max n'entrait pas dans la catégorie des aventures potentielles. Même s'il avait montré le moindre signe d'attirance pour elle, ce qui n'était pas le cas, il était trop imprévisible, trop menaçant pour sa tranquillité d'esprit malgré l'attirance folle qu'elle ressentait pour lui – ou *à cause* de celle-ci… De toute façon, ils seraient très occupés par l'enquête. Max n'aurait pas le loisir de la défier. Et, s'il le faisait, elle saurait le gérer.

Tout ira bien, se dit-elle en sortant ses dossiers pour commencer à travailler.

Max imita Alex et sortit son ordinateur portable de son sac. Il l'alluma, puis ôta chaussures et chaussettes avant de s'allonger sur le canapé. Il était décidé à réfléchir à des moyens intéressants et inventifs pour attirer la jeune femme « vers le côté obscur ». Ce ne serait peut-être pas aussi simple qu'il l'avait imaginé, mais cela finirait par arriver. Aussi puissante que soit la volonté d'Alex et aussi nobles que soient ses intentions, ce qui les attirait l'un vers l'autre était mille fois plus fort. Si elle ressentait comme lui cette force chaude, insistante, dévorante, il ne faudrait pas longtemps pour qu'elle cède.

— Vous vous mettez à l'aise ?

La question sèche d'Alex s'accompagnait d'un regard désapprobateur posé sur ses pieds nus. Ce qui lui donnait naturellement envie d'aller plus loin – enlever sa chemise, par exemple – juste pour voir sa réaction.

— Sentez-vous libre de m'imiter, la provoqua Max, même s'il savait qu'elle n'en ferait rien.

— Non, merci, murmura-t-elle en reportant son attention sur son ordinateur portable.

Ce n'était pas grave, se dit Max. Maintenant qu'il commençait à voir comment Alex fonctionnait, il pouvait adapter sa stratégie pour la séduire en conséquence.

— Qu'est-ce que vous faites ?

— Je traite mes mails.

— Vous n'avez pas oublié quelque chose ?

Elle fronça les sourcils, l'air alarmé.

— Quoi ?

— Votre part de notre accord : les informations dont vous disposez sur l'enquête.

L'espace d'une seconde, elle plissa les yeux, et Max se demanda comment elle allait réagir. Il adorait essayer de la déstabiliser. Cependant, Alex conserva son flegme habituel.

— Bien sûr. Je vous envoie ça tout de suite.

Les messages commencèrent à affluer dans sa boîte de réception. Max cliqua sur les pièces jointes : rapports, certificats de naissance, une lettre des parents adoptifs de Rico à leur fils, et même l'analyse ADN de Finn. Il en oublia aussitôt sa volonté de séduire Alex et de contourner ses règles.

En lisant les noms de ses parents biologiques, Juan

Rodriguez et Maria Gonzalez, sa gorge se serra et son pouls s'accéléra. Les questions se bousculaient dans sa tête. Étaient-ils encore en vie ? Qui étaient-ils ? Leur ressemblait-il ? Quelles étaient les chances de les retrouver ? Et lequel des trois certificats de naissance était le sien ? Arriverait-il un jour à savoir qui il était vraiment ? Trouverait-il pourquoi il avait été abandonné ?

La lettre des parents de Rico, une traduction en anglais de l'original italien, était profondément personnelle et remplie de mots affectueux ; elle livrait également le nom de l'agence d'adoption. L'expression de ces sentiments fit exploser dans le cœur de Max un cocktail de ressentiment et de douleur, ainsi que de brûlante jalousie – ce dont il n'était pas particulièrement fier puisque les parents de Rico étaient morts dans un accident de voiture quand son frère avait dix ans. Mais au moins, Rico avait vécu une décennie d'amour parental, ce que Max n'avait jamais connu.

Alex pouvait bien considérer qu'il s'agissait de son domaine de compétence et de son affaire, pensa Max en parcourant les rapports envoyés par les enquêteurs de la belle Anglaise, mais c'était son histoire à lui, sa famille ; elle n'avait aucune idée de ce que c'était que de grandir en sentant que l'on ne faisait pas partie du foyer adéquat, que l'on n'était pas désiré, sans savoir pourquoi. Elle n'avait aucune idée non plus de ce que l'on pouvait éprouver en imaginant combien les choses auraient pu être différentes si l'on avait grandi aimé, désiré et heureux dans la bonne famille. Il avait passé trente ans sans connaître ses vrais parents. Trente ans loin de ses frères, avec qui il avait partagé durant neuf mois la même matrice. Tant de souvenirs non formés, d'opportunités perdues…

— Si je me souviens bien, vous avez mentionné avoir des ressources auxquelles je ne pouvais accéder.

La voix d'Alex le tira de ses pensées, ce qui était bienvenu quand elles étaient devenues si tumultueuses et accablantes.

— Vous avez été plutôt minutieuse. En effet, je peux demander quelques services pour essayer de contourner le secret bancaire suisse, et pour accéder aux archives nationales de l'Argentine.

— De sacrés services ! Vous avez des obligés haut placés, on dirait.

Max avait sauvé une grande banque suisse d'un cybercriminel et corrigé un certain nombre de problèmes dans les systèmes informatiques du gouvernement argentin.

— En effet. Ensuite, il y a des moyens plus… détournés. Et aussi plus rapides et efficaces.

Les beaux yeux bleus d'Alex s'agrandirent.

— Vous seriez prêt à enfreindre la loi ? balbutia-t-elle, l'air choqué.

— Je pourrais. Il fut un temps où je l'aurais fait sans hésiter. Plus maintenant. Mais pas parce que c'est illégal, ajouta-t-il avec un sourire en coin. Parce que je n'ai pas l'intention de risquer ma carrière.

Franchir la ligne blanche pour réussir à localiser ses frères avait déjà été suffisamment risqué, se rappela-t-il.

Alex le regardait fixement. Il pouvait pratiquement voir tourner les rouages de son cerveau.

— Étiez-vous un hackeur ?

Il hocha la tête.

— Il y a longtemps.

— C'est comme ça que vous êtes entré dans la cybersécurité ?

— Ça m'a semblé un bon choix de carrière.

Après son arrestation, Max s'était vu proposer un marché par le FBI : s'il travaillait pour eux, il éviterait la prison. Au départ, il avait rejeté la proposition sans même y réfléchir, révolté à l'idée d'être employé par une autorité qu'il méprisait. La prison était préférable au reniement de ses principes.

Mais les fédéraux lui avaient donné quarante-huit heures pour y réfléchir, dans une cellule sans fenêtre, et il avait fini par changer d'avis. Il s'était rendu compte qu'il était dans le collimateur des autorités, que leur échapper à l'avenir serait de plus en plus difficile et qu'il chérissait sa liberté. Comme les risques commençaient à l'emporter sur les bénéfices, le braconnier était devenu garde-chasse.

Une fois payée sa dette envers la société, il avait été inondé de propositions. Aucun de ses employeurs potentiels ne se souciait de ses anciens démêlés avec la justice : ses compétences incomparables l'emportaient sur son casier judiciaire. Malgré certaines offres exceptionnelles, il avait choisi de faire cavalier seul. Il n'avait jamais regretté sa décision, et pas seulement parce qu'il avait des millions en banque.

— Depuis combien de temps exercez-vous ce métier ?

— Dix ans.

— J'ai lu que vous aviez des clients dans le monde entier : je suis surprise que vous ayez le temps de travailler sur l'enquête.

— Je suis entre deux contrats. Mais, même dans le cas contraire, j'aurais quand même trouvé le temps.

— Pourquoi est-ce si important pour vous d'intervenir en personne ?

Il n'était pas question pour lui d'entrer dans les détails de son éducation et de la perturbation émotionnelle que la découverte de son adoption avait provoquée. Alors il se contenta de hausser les épaules et de répondre à côté de la question :

— Je suis doué pour résoudre les énigmes, dit-il avec un haussement d'épaules désinvolte.

— Les ordinateurs, c'est votre truc, non ?

Ils étaient beaucoup plus simples à comprendre que les

gens. Dépourvus d'émotions, ils n'exigeaient rien de lui. Ils étaient prévisibles, faciles à lire si on savait ce que l'on cherchait et faisaient généralement ce qu'on leur disait.

— Oui. Et vous, ce sont les règles.

Elle leva les yeux au ciel avec un petit « tsss » désapprobateur et reporta son attention sur son écran. Max se surprit à ressentir une pointe de déception en constatant qu'elle mettait fin à la conversation. Or, trente secondes plus tard, elle se leva et vint s'installer à côté de lui sur le canapé, les yeux brillants.

— Dites-m'en plus sur le piratage.

— Que voulez-vous savoir ?

— Tout. Par pur intérêt professionnel. Il y a un grand vide dans mes connaissances en ce domaine. Comment avez-vous démarré ?

— On m'a offert un ordinateur pour mon dixième anniversaire, dit-il, se souvenant avec une vive douleur que c'était pour qu'il améliore ses notes, faute de quoi il lui serait retiré. J'ai passé des heures à jouer avec, à apprendre le langage et à écrire des programmes, avant de découvrir les forums et les *chats*. Je me suis fait des amis virtuels. Les choses sont parties de là.

— Beaucoup de gens s'amusent avec leur ordinateur et discutent en ligne, mais peu prennent la voie du piratage.

— Peu sont assez bons.

— Vous dites ça avec fierté.

— Ah bon ?

— Il n'y a pas de quoi être fier ! Quel genre de délits avez-vous commis, au début ?

— J'ai commencé par changer la note d'un test de maths quand j'avais douze ans. J'avais eu un F. J'aurais dû avoir un A si j'avais révisé.

Alex le fixait avec une expression consternée.

— Comment peut-on ne pas étudier pour un examen ?

Parce que, comme c'était une matière qu'il trouvait facile, il avait supposé avec l'arrogance de sa jeunesse qu'il pourrait improviser.

— Quoi d'autre ? reprit-elle.

— Je déclenchais régulièrement les alarmes incendie et les systèmes d'arrosage du lycée. Je parcourais la ville sans payer le bus. Un jour, j'ai annulé tous les tickets de parking.

— C'est vraiment lamentable, affirma Alex en secouant la tête avec désapprobation. Si les autorités américaines traitent ce genre de méfait de la même manière que les autorités britanniques, vous risquiez des années de prison !

Comment lui faire comprendre que le risque faisait partie du plaisir ? s'interrogea Max. Cela l'avait fait se sentir vivant, lui avait donné l'impression d'exister, un but, et il s'en était délecté.

— Je n'ai jamais fait de mal à personne. Je voulais juste créer un maximum de perturbations.

— Qu'en pensaient vos parents ?

— Ils n'ont jamais su. Ils étaient trop centrés sur eux-mêmes.

— Vous vous êtes déjà fait prendre ?

— Oui. Quand j'étais étudiant à l'Institut de technologie du Massachusetts, j'ai piraté les panneaux d'affichage de Times Square. J'ai enlevé toutes les publicités et annonces, et les ai remplacées par mon avatar. Vingt-quatre heures plus tard, le FBI frappait à ma porte.

— Comment vous ont-ils trouvé ?

— Un de mes contacts sur le *dark web* a été imprudent, puis a passé un marché pour sauver ses fesses.

— Vous êtes allé en prison ?

— Non. J'ai échangé mes principes contre ma liberté.

— Vous vous en êtes tiré à bon compte.

— J'ai eu de la chance.

Beaucoup de chance, avec le recul. Même si, suite à

son arrestation, il avait été privé de sa bourse d'études et renvoyé du MIT. Quarante-huit heures en cellule avaient été amplement suffisantes pour contempler le voyage qui l'avait mené là et comprendre que tout ce qu'il avait fait était une réaction à son environnement familial – la négligence de son père, le vampirisme émotionnel de sa mère. Opérer dans l'ombre lui avait apporté le respect et l'admiration dont il n'avait même pas eu conscience de manquer. Ses nombreux succès lui avaient valu la reconnaissance ; ses quelques échecs avaient alimenté sa détermination à devenir meilleur.

S'il n'avait pas pardonné à ses parents les traumatismes que leur éducation lui avait causés, il avait toutefois décidé de ne pas laisser l'amertume ou la colère prendre le dessus. Il avait donc choisi de mettre ces sentiments négatifs de côté et de continuer sur le droit chemin en développant son entreprise, tout en maintenant un contact minimal avec ses parents. Tout allait bien jusqu'à ce que la vidéo de ses frères fasse voler en éclats ce fragile équilibre.

— Vous vous entendriez bien avec ma famille, déclara Alex.

Le léger sourire de sa compagne sembla briller à travers les fissures de son armure et éclairer des zones sombres à l'intérieur de lui.

— Pourquoi cela ?

— Ils ont eux aussi un manque de respect malsain pour la loi. Pas tout à fait à votre niveau, il est vrai. Un de mes frères a l'habitude de voler à l'étalage. Ma sœur demande des allocations mais travaille aussi à côté. Mon père se décrit lui-même comme un affairiste, mais il serait plutôt un magouilleur à mon avis.

— Pourtant, vous êtes entrée dans la police.

— C'était mon échappatoire.

— Comment ça s'est passé avec la famille ?

— Ils ne me l'ont jamais pardonné.

— Je peux le comprendre. Ma mère en est restée à mon arrestation.

Jamais les succès ultérieurs de Max, qu'elle avait tendance à minimiser ou à ignorer, n'avaient effacé cette infamie aux yeux de sa mère.

— Je suis vraiment le vilain petit canard de ma famille.

— Il n'y a rien de vilain chez vous, répliqua Max, avec une sincérité qui l'étonna lui-même.

— Ni chez vous.

Un étrange silence s'installa. Les joues d'Alex avaient rosi, et ses yeux s'étaient posés sur la bouche de Max. Celui-ci devint conscient des battements de son cœur, réguliers mais accélérés. Elle leva le regard, qui, assombri jusqu'à devenir bleu marine, croisa le sien. Elle le fixa intensément, comme si elle essayait de lire dans son âme. Quelque chose vacilla au plus profond de lui. La tension montait entre eux. L'air s'était réchauffé. Max était conscient de sa présence à l'extrême, comme si plus rien d'autre n'existait autour. Il voulait tellement l'embrasser qu'il ne pouvait penser qu'à ça.

Soudain, elle cligna des yeux.

— Bien, dit-elle d'un ton vif, rompant la connexion et le faisant sursauter. Je vais faire une sieste. Contrairement à certains, ma journée a débuté très tôt. À tout à l'heure.

Et, tandis qu'elle se levait d'un bond, Max eut le sentiment troublant que le vol allait lui sembler très, très long…

5.

Jamais Alex n'avait été aussi heureuse de sentir le vent sur son visage et dans ses cheveux. Assise à l'arrière du hors-bord de Max, qui les emmenait de l'aéroport Simón Bolívar, juste au nord de Caracas, à Isla Mariposa, elle espérait que la brise chaude de la mer des Caraïbes chasserait la tension qui crispait chaque cellule de son corps.

Elle n'avait pas réussi à se reposer dans le jet et se sentait aussi fraîche qu'une éponge humide et sale, à bout de nerfs. Elle aurait aimé pouvoir mettre son insomnie sur le compte des turbulences, mais le vol s'était déroulé sans encombre et sans incident. Les seuls troubles qu'elle avait connus étaient internes.

Elle avait rencontré beaucoup de criminels dans sa vie, mais jamais de hackeur, et aucun n'était aussi séduisant que l'homme qui se tenait à la barre et qui maniait son embarcation avec assurance. Sous le soleil déjà ardent du matin, elle distinguait de fines mèches dorées dans ses cheveux bruns. Ses yeux étaient encore plus bleus dans la lumière vive.

Il avait de nouveau enlevé ses chaussures, et Alex se rendait compte qu'elle avait développé une fascination étrange pour ses pieds. Elle ne s'était jamais intéressée à cette partie du corps auparavant ; selon elle, les pieds avaient une utilité fonctionnelle et plus ils étaient cachés, mieux c'était. Mais ceux de Max étaient d'une beauté troublante. Elle avait eu cette révélation perturbante dans l'avion, quand elle avait commencé à les fixer pour éviter de garder les yeux sur sa bouche sensuelle.

Elle but une gorgée d'eau de sa petite bouteille afin de briser le charme. *Qu'est-ce qui te prend ?* se demanda-t-elle. Pourquoi Max Kentala et son physique de rêve avaient-ils colonisé une si grande partie de son esprit ? Il n'était pourtant vraiment pas son genre – du moins pas *moralement*, car physiquement, elle trouvait désormais fort sexy sa barbe de trois jours et ses cheveux trop longs…

Leurs personnalités étaient comme le jour et la nuit. Il avait enfreint la loi, elle en avait été la garante ; il aimait l'agitation, elle avait besoin de sécurité et de stabilité ; il arrivait au dernier moment à ses rendez-vous, elle était là deux heures en avance. Il considérait que s'engager dans une activité criminelle était un plaisir. Ils ne pouvaient pas avoir des valeurs et des caractères plus opposés.

Elle ne comprenait cependant pas pourquoi elle trouvait cette dichotomie si fascinante. La fierté qu'elle avait remarquée dans la voix de Max lorsqu'il avait évoqué l'utilisation illicite de ses considérables compétences informatiques, ce qui lui avait donné l'air plus jeune, plus insouciant et encore plus beau, n'était pas légitime. Pirater les panneaux d'affichage de Times Square n'était ni cool, ni amusant, ni imaginatif. C'était imprudent, irresponsable et illégal.

Son côté hors-la-loi était tout ce qu'elle abhorrait, tout ce qu'elle fuyait comme la peste. Le fait qu'il en tire un orgueil aussi aurait dû considérablement diminuer son attrait aux yeux d'Alex. Or, au contraire, cela semblait l'avoir augmenté, ce qui était déconcertant et plus qu'inquiétant – tout comme l'excitation qui vibrait en elle et qui demandait avec une persistance croissante à être assouvie.

Se pourrait-il que leurs nombreuses différences soient contrebalancées par leurs quelques points communs ? Ils avaient tous les deux surmonté des difficultés et avaient résolu des problèmes avant de se forger une carrière à partir de rien. Ils avaient tous deux eu des parents qui avaient désapprouvé leurs choix, et avaient donc cherché à échapper à leur famille.

Leurs inattendues similitudes pouvaient-elles expliquer son virage à cent quatre-vingts degrés, de la réprobation à une forme d'empathie ? Quelque chose devait expliquer ce moment à couper le souffle qu'ils avaient partagé juste avant qu'elle ne se réfugie dans la chambre du jet privé.

Elle n'avait pas eu l'intention de lui avouer qu'elle le trouvait attirant, même sous forme d'antiphrase. Elle était sûre qu'il en allait de même pour lui lorsqu'il avait déclaré qu'il n'y avait « rien de vilain » en elle. Pourtant, il avait soudain eu l'air si sincère qu'elle avait été prise au dépourvu. Son regard avait croisé le sien, assombri par une chaleur ardente qui l'avait pétrifiée et éblouie. Sa bouche s'était asséchée. Son pouls s'était emballé. Elle avait été à deux doigts de se lever, de le rejoindre, de le plaquer sur le canapé et de l'embrasser à perdre haleine. Cette pulsion l'avait terrifiée, d'où l'excuse soudaine d'une sieste.

Oublie ce voyage en avion, se répéta Alex pour la centième fois en une heure. Elle était peut-être incapable de comprendre ses propres réactions sans queue ni tête face à Max, mais une chose était certaine : la capacité de ce dernier à la déconcentrer n'était pas acceptable. La façon étonnamment sexy dont il saisissait ses lunettes de soleil accrochées au col ouvert de sa chemise pour les glisser sur son nez ne devrait pas la troubler ainsi. Ni ses avant-bras musclés. Elle devait se concentrer sur la résolution de cette affaire, qui allait assurer son avenir.

Après avoir contourné un petit promontoire, Max ralentit l'allure. Alex tourna son regard vers le rivage. L'eau jade et turquoise était si claire qu'elle pouvait voir le sable blanc au fond. À la vue de la villa nichée dans les arbres, au-dessus de la plage immaculée bordée de palmiers, sa mâchoire se décrocha. Quatre toits bas triangulaires en bois s'étendaient au-dessus d'immenses fenêtres et baies vitrées. Sur le devant, surplombant la mer, elle découvrit une série de terrasses reliées entre elles. Sur l'une d'elles, elle distingua une piscine. À chaque extrémité, une volée de marches en bois descendait entre les blocs rocheux jusqu'à la plage.

Même à cette distance, elle pouvait constater que c'était un bâtiment bien adapté à son environnement et d'une beauté stupéfiante. C'était le genre d'endroit qu'elle n'avait jamais vu que dans les magazines, et dans lequel, contre toute attente, elle allait séjourner. Certes, c'était pour le travail, tout comme le jet privé, mais cela ne l'empêcha pas de faire mentalement un bras d'honneur aux professeurs qui lui avaient répété avec mépris qu'avec une famille comme la sienne, elle n'avait aucune chance de faire quelque chose de sa vie. Elle se surprit même à souhaiter fugitivement que ses parents puissent la voir maintenant.

Max coupa le moteur du hors-bord et l'aligna parallèlement au quai. Il jeta un cordage terminé par une boucle autour d'une bitte d'amarrage, d'un geste sûr et souple qui envoya une décharge d'exquis frissons dans les terminaisons nerveuses d'Alex. Une fois le bateau solidement amarré, il déchargea leurs bagages sur le ponton en bois. Puis il tendit le bras vers elle.

Faisant preuve d'un sens de l'équilibre enviable, il s'empara de leurs bagages, puis descendit de l'embarcation. Il se pencha et tendit le bras.

— Donnez-moi votre main.

Pendant un moment, Alex fixa la main tendue de Max comme si c'était une grenade. Elle ne pouvait pas prendre le risque de la saisir. Si elle le faisait, tout risquait d'exploser. Au mieux, elle pourrait se révéler incapable de la lâcher.

Mais elle n'avait aucun sens de l'équilibre. Un faux pas et elle pourrait bien finir dans la mer ; or elle se sentait déjà assez nerveuse en présence de Max sans avoir besoin de passer pour une idiote.

— Merci, marmonna-t-elle.

Après avoir aidé Alex à mettre pied à terre, et lâché sa main comme si elle était en feu, Max saisit leurs sacs et monta les marches jusqu'à sa maison sans prendre la peine de regarder si la belle Anglaise suivait. Il était tendu. Fatigué. Sur les nerfs.

Comme il l'avait craint, le vol avait été très long. Une fois débarrassé des images d'Alex allongée sur le lit dans la chambre, seulement séparée de lui par une cloison, puis des flashs de ce qui se passerait s'il la rejoignait, il s'était surpris à revenir sur leur conversation. Chaque détail, aussi infime soit-il, semblait gravé dans sa mémoire, et son malaise avait peu à peu grandi, lui tordant les tripes et lui donnant des sueurs froides.

Étrange…

En général, il n'avait aucun problème à parler de sa carrière ni de ce qu'il avait fait pour y arriver. Il n'avait rien à cacher. D'ailleurs, la plupart des informations étaient dans le domaine public pour quiconque était assez intéressé pour les chercher. Ce n'était pas comme s'il avait livré une partie de lui-même ou partagé d'inavouables secrets. Et il avait depuis longtemps accepté le regard ignominieux de sa mère, affligée encore aujourd'hui par le passé criminel de son fils.

Alors pourquoi leur conversation l'avait-elle autant déstabilisé ? Alex désapprouvait clairement les actions délictueuses qu'il avait commises dans sa jeunesse : et alors ? L'opinion qu'elle avait de lui ne comptait pas. Ils étaient totalement opposés sur presque tous les plans, et elle ne l'intéressait pas, sinon sur le plan physique.

Peut-être était-ce la curiosité dont elle avait fait preuve à son endroit et qui, même si elle avait affirmé le contraire, avait semblé plus personnelle que professionnelle. Il ne se souvenait pas de la dernière fois que quelqu'un avait *vraiment* voulu savoir ce qui le faisait avancer – cela n'avait jamais été le cas ni de son père ni de sa mère. La plupart des gens voulaient juste l'entendre parler de ses exploits, quand ils ne cherchaient pas à profiter de sa notoriété ou de sa fortune. Mais Alex avait cherché à savoir ce qui se cachait sous la surface, ce qui le motivait. Elle l'avait regardé comme si elle essayait de voir dans son âme, ce qui l'avait profondément bouleversé.

Ses réactions, ses regards, tout son langage corporel suggéraient qu'elle avait saisi aussi les non-dits et la moindre trace d'émotion qu'il avait laissés transparaître malgré lui, en particulier son amertume envers ses parents, et qu'elle le comprenait. Or il n'avait pas besoin de sa compassion. Qu'ils aient en commun une famille dysfonctionnelle ne suffisait pas à en faire des âmes sœurs, et qu'elle soit autant une déception pour sa famille que lui pour la sienne ne devait pas obligatoirement les conduire à pleurnicher sur leur sort dans les bras l'un de l'autre. Il n'y avait rien d'*extraordinaire* là-dedans, si ?

En passant devant la piscine à débordement, il songea qu'il commençait à regretter d'avoir accepté l'ultimatum d'Alex et de l'avoir laissée l'accompagner. Il aurait dû camper sur ses positions et écouter sa tête plutôt que son corps. Il avait déjà assez de problèmes sans qu'elle vienne tout compliquer. Il détestait la confusion et l'incertitude qui assaillaient ses défenses et les faisaient vaciller. Il pensait avoir éradiqué ce genre de fragilité dix ans auparavant. Réaliser qu'il n'avait peut-être pas géré son passé avec autant de succès qu'il l'avait supposé était comme un coup dans la poitrine.

Il aurait vraiment dû réserver une chambre d'hôtel à Alex, se dit-il. Mais il était trop tard, désormais. La dérouter maintenant vers un hôtel, alors qu'il lui avait déjà offert le gîte, indiquerait un changement de stratégie qu'elle ne manquerait pas de questionner. Et puis, aussi tentant que cela puisse être, il ne pouvait pas la laisser ici pour se rendre seul en Argentine. Ils avaient passé un accord et, malgré ses nombreuses incartades et incursions dans l'illégalité, il n'était jamais revenu sur sa parole.

Max se dirigea vers la double porte qui menait à la suite d'Alex. Au moins, l'endroit où il l'hébergeait était séparé de la maison principale : il ne serait pas trop difficile de l'ignorer le temps de se ressaisir.

— Voilà, dit-il en déposant le sac de voyage de la jeune femme à côté de l'immense lit. Mettez-vous à l'aise.

— Merci. Cette maison est incroyable.

— Je l'aime beaucoup.

Ce qu'il aimait moins, en revanche, c'était l'état incontrôlable vers lequel il commençait à glisser en voyant Alex s'approcher du lit. Son imagination formait déjà des scénarios torrides, il entendait ses halètements rauques et ses petits cris de plaisir, sentait sa peau douce sous ses doigts, ses cheveux sur son torse… *Bon sang !* Quelle erreur de l'avoir accompagnée jusqu'ici ! Il aurait dû simplement lui indiquer la direction à prendre. Il devait sortir de cette suite avant de perdre complètement la tête.

Il se retourna pour sortir, mais Alex était plus proche qu'il ne s'y attendait. Il se figea, puis recula comme s'il avait été frappé.

— Vous allez bien, Max ? demanda-t-elle en fronçant les sourcils.

Non. Il n'allait pas bien du tout.

— Très bien.

— On ne dirait pas. Vous êtes tendu depuis que nous avons atterri. Il s'est passé quelque chose ?

Elle posa la main sur le bras d'Alex. Il eut l'impression d'être traversé par la foudre. Les quarante-huit heures qui venaient de s'écouler avaient été plus mouvementées que les dix années précédentes. Ce qui s'était passé ? Alexandra Osborne avait fait irruption dans sa vie, voilà ce qui s'était passé ! Max ne comprenait pas pourquoi c'était un problème, mais c'en était un. Et de taille !

Elle semblait sincèrement inquiète. Cette compassion l'angoissait. Il avait besoin d'espace. D'air – un air qui ne serait pas rempli de son parfum envoûtant. De temps pour reprendre ses esprits. Et pourtant, il était incapable de bouger. Alex était proche. Très proche. Il pouvait voir une bordure d'argent autour du bleu clair de ses iris ; il pouvait entendre le rythme lent et irrégulier de sa respiration.

L'inquiétude s'estompa sur son visage et l'espace entre eux commença à grésiller, traversé par une énergie presque palpable, une tension d'un érotisme puissant. Les pupilles d'Alex se dilataient. Elle plongea le regard vers sa bouche. Sa main était toujours posée sur son bras. Il eut l'impression qu'elle le marquait au fer rouge.

Le désir qui le traversait portait son sang à ébullition et détruisait sa raison. Néanmoins, il l'accueillait, n'y résistait pas, car il le comprenait, pouvait le commander, le sublimer. Alex se pencha vers lui, d'un demi-millimètre seulement, un mouvement si infime qu'elle n'était probablement pas consciente de l'avoir fait, mais l'instinct de Max l'avait capté et analysé comme un encouragement, qu'il ne pouvait pas ignorer.

Alors, Max fit un pas en avant. Il posa les mains de chaque côté du visage d'Alex et abaissa la bouche vers la sienne. Sous son baiser délicat, il la sentit tressaillir, puis se raidir. Il était sur le point de la libérer quand elle passa soudain les bras autour de son cou, se serra contre lui et commença à l'embrasser en retour.

Avec un gémissement venu des tréfonds de son être, Max serra Alex plus étroitement contre lui et approfondit leur baiser. La fougue de la belle Anglaise, la chaleur et le goût de sa bouche lui firent perdre ses dernières traces de lucidité. Il n'était rien d'autre qu'une sensation, ne pouvait rien sentir d'autre qu'elle, ne pouvait penser qu'au lit à quelques mètres. Son érection dure comme du granit, contre laquelle elle faisait onduler son bassin, était presque douloureuse.

Elle le rendait fou.

Il déboutonna la veste d'Alex et glissa une main sur son sein gauche. Du pouce, il caressa son mamelon durci. Elle haleta contre ses lèvres. Il l'embrassa le long de la mâchoire jusqu'à son cou gracile. Elle enfonça les doigts dans ses cheveux, comme si elle voulait à tout prix l'empêcher de s'écarter d'elle – ce qu'il n'avait aucune intention de faire…

Une porte claqua quelque part dans la maison.

Dans ses bras, Alex se figea instantanément. Elle recula d'un bond. Elle le fixa pendant ce qui sembla à Max une éternité, les joues rouges, les yeux brillants de désir. Mais, trop vite, ce désir s'évanouit pour laisser place à la consternation. Elle posa les mains sur les épaules de Max et le repoussa. Il la laissa s'éloigner, malgré les protestations de chaque cellule de son corps.

— Qu'est-ce qui ne va pas ? marmonna-t-il, hébété, la voix rauque.

— Qu'est-ce qui ne va pas ? répéta-t-elle avec une expression d'incrédulité stupéfaite. C'est *ça* qui ne va pas !

— Ça m'a semblé très bien.

Déjà, elle lissait ses vêtements et reboutonnait sa veste de ses mains tremblantes. Elle vacilla d'un pas en arrière.

— C'était une erreur. Je suis ici pour travailler.

Ce n'était pas du tout une erreur. C'était tout ce qu'il avait prévu.

— Le travail peut attendre.

— Non.

— Nous ne partons pas avant demain. Il n'y a pas d'urgence.

— J'avais prévu d'appeler votre mère dès que nous aurions atterri. C'est le moment.

À ces mots, Max recula comme si elle l'avait giflé. Quel était le problème, nom d'un chien ! Si cette satanée porte n'avait pas claqué, ils seraient sur le lit en train de se déshabiller aussi vite qu'il est humainement possible. Alex s'était accrochée à lui et l'avait embrassé comme si sa vie en dépendait. Et maintenant elle parlait de sa mère ? Quel meilleur moyen de doucher toute sensualité ?

Si cela avait été son intention, elle avait réussi son coup. À présent, au lieu du feu, c'était de la glace que charriaient ses veines, et au lieu d'un désir sauvage et éperdu, tout ce qu'il ressentait était une frustration empoisonnée et une immense contrariété.

— Bien sûr, lâcha-t-il entre ses dents serrées.

Il sortit son téléphone de la poche arrière de son pantalon, soucieux de maîtriser les émotions négatives qui lui comprimaient la poitrine. Il fit défiler ses contacts et transféra la fiche de sa mère.

— Voilà, je vous ai envoyé son numéro, ajouta-t-il, tandis qu'un bip retentissait dans les profondeurs du sac à main d'Alex.

— Merci. Vous restez pendant que je l'appelle ?

Il secoua négativement la tête.

— Je sais déjà ce qu'elle va dire.

Et il n'avait pas besoin de l'entendre une fois de plus. Ce qu'il lui fallait, c'était se débarrasser de tout ce qui l'empoisonnait depuis ce baiser avorté, de la tension, de la désillusion.

— Préparez-vous à déjeuner quand vous aurez fini, reprit-il sèchement. Moi, je vais me baigner.

Alex regarda Max s'éloigner, presque un mètre quatre-vingt-dix d'orgueil mâle blessé. Lorsqu'il fut hors de vue, elle s'allongea sur le lit avant que ses jambes ne la trahissent.

Que diable venait-il de se passer ? se demanda-t-elle, hébétée. Tout son corps tremblait encore sous l'effet du choc et de la confusion. Un instant, elle s'était inquiétée du bien-être de Max, qui avait l'air tourmenté, et la seconde d'après, elle s'était retrouvée dans une étreinte si incandescente qu'elle avait été surprise qu'ils ne s'enflamment pas.

Toucher son bras avait été sa première erreur, même si elle avait seulement voulu savoir ce qui le troublait. La sensation de sa peau tiède sous ses doigts l'avait empêchée de le lâcher, ce qui avait été sa deuxième erreur. Puis elle avait pris conscience qu'il s'était immobilisé et qu'il la dévisageait avec une intensité à couper le souffle ; alors, les erreurs avaient commencé à se multiplier.

Elle n'aurait pas dû laisser l'image de leurs deux corps enlacés sur le lit immense prendre possession de ses pensées. Elle aurait dû tourner les talons et s'enfuir vers la terrasse. Mais elle ne l'avait pas fait. Elle était restée figée, complètement subjuguée par le brasier qui faisait rage dans le regard indigo de Max. Une chaleur incontrôlée, ardente, dévastatrice, dirigée droit sur elle.

Elle n'avait pas eu le temps de s'émerveiller en constatant que l'attirance qu'elle avait supposée totalement unilatérale était en fait réciproque : une seconde plus tard, elle était dans les bras de Max, le cœur battant si fort qu'elle avait craint de se casser une ou deux côtes.

Oh ! mon Dieu, cette sensation… Lui…

La force et la puissance de son étreinte, l'habileté enivrante de son baiser… Le cerveau d'Alex était encore cotonneux, son sang encore brûlant. Elle pouvait encore sentir la bouche avide de Max sur la sienne, le désir tourbillonner délicieusement en elle. Quand il avait caressé sa poitrine, les frissons qui l'avaient parcourue l'avaient presque fait défaillir. Si une porte n'avait pas claqué quelque part dans la maison, elle aurait fini au lit avec lui sans se poser de questions. Elle aurait savouré, et cela lui semblait à présent tellement… *malsain* qu'elle avait du mal à le croire.

D'où venait sa réaction ? Celle-ci avait été si sauvage, sans retenue aucune ! Mortifiée, elle se souvint de la manière dont elle s'était abandonnée à leur étreinte. *Bravo, Alex ! Toi qui te targues d'être professionnelle jusqu'au bout des ongles…*

Quelle mouche l'avait donc piquée ? Avait-elle complètement perdu la tête ? Où étaient passées ses sacro-saintes règles dans tout ça ? Et sa dignité ? Horrifiée, elle réalisa que Max avait simplement pris ce qu'il voulait et qu'elle l'avait laissé faire. Elle avait eu de nombreuses occasions de le repousser, mais elle ne l'avait pas fait ; puis il avait été trop tard… Et elle ne pouvait pas se contenter de blâmer Max, ce serait trop commode : il l'avait peut-être prise par surprise quand il l'avait embrassée, mais elle n'avait pas envisagé un seul instant de ne pas l'embrasser en retour.

Elle devait être prudente. Il était beaucoup plus dangereux pour elle qu'elle ne l'avait imaginé. Il était une réelle menace pour son équilibre, non pas parce qu'il considérait les règles qu'elle s'imposait comme des obstacles à abattre, mais parce qu'il lui donnait envie de les enfreindre elle-même. Il lui faisait oublier pourquoi elle les avait édictées.

Or elle ne pouvait pas se permettre de céder à la flamboyante magie qui les poussait l'un vers l'autre. Ses projets d'avenir étaient en jeu, et de quoi aurait-elle l'air si Finn avait vent de ce qui venait de se passer ? Il était en droit de la virer après un comportement aussi peu professionnel. Si cela se reproduisait et que cela se savait, sa réputation ne s'en remettrait jamais.

Un frisson glacé lui parcourut l'échine à l'idée qu'elle pourrait facilement perdre tout ce pour quoi elle avait travaillé si dur. Elle se trouvait en position instable au sommet d'une pente très glissante ; elle ne pouvait pas se permettre un autre écart, la moindre erreur. Elle ne se laisserait pas gouverner par des forces qui menaçaient son existence même et sur lesquelles elle n'avait aucun contrôle. Pas question de ressembler à un membre de sa famille ! Elle avait un tout autre avenir à se forger.

Trois heures après la disparition de Max, Alex sirotait un thé à la menthe assise sous l'auvent qui ombrageait la terrasse. Son ordinateur portable était ouvert devant elle, mais elle ne parvenait pas à se concentrer sur ses mails alors que tant d'autres choses occupaient son esprit.

Comme ce baiser…

Non, pas le baiser, rectifia-t-elle mentalement. N'avait-elle pas décidé de ne plus jamais y penser ? N'était-elle pas censée ignorer la petite voix irritante dans sa tête qui réclamait plus de cette délicieuse fusion ? D'ailleurs, elle devait réfléchir à d'autres sujets, par exemple l'ahurissante conversation qu'elle venait d'avoir avec la mère de Max.

Comme il le lui avait dit, Carolyn Stafford n'avait rien à apporter à l'enquête. Son mari de l'époque s'était occupé de tous les aspects pratiques concernant l'adoption. C'était lui qui avait trouvé l'agence, organisé le paiement et réservé les vols pour l'Argentine. Mme Stafford ne se souvenait même pas d'avoir rempli un quelconque formulaire. À propos du voyage pour aller chercher Max, elle avait des souvenirs flous d'une femme dont elle avait oublié le nom, ce qui avait frappé Alex – n'était-ce pas étrange, alors que l'occasion était si importante ? On n'adoptait quand même pas un bébé tous les jours !

Dès qu'elle avait constaté que le témoignage de Mme Stafford ne leur était d'aucune utilité, Alex aurait dû raccrocher. Néanmoins, pour une raison qu'elle ne s'expliquait pas, elle avait écouté la mère de Max lui narrer les raisons de l'échec de son mariage avec le père de Max, les difficultés qu'ils avaient eues à concevoir un enfant, leur certitude que l'adoption d'un bébé allait tout arranger. Elle se moquait bien des conséquences que le divorce avait eues sur Mme Stafford, mais elle avait trouvé révélateur que jamais cette dernière n'évoque ce que Max avait pu ressentir. Elle tenait son fils pour responsable de cette séparation et le considérait manifestement comme un incapable dans à peu près tous les domaines. Les critiques et les sarcasmes étaient subtils mais bien réels.

La honte d'Alex avait empiré à mesure que son interlocutrice débitait sa litanie de plaintes. Elle n'avait pas reconnu Max dans l'homme que sa mère décrivait, à tel point que, vibrante d'indignation, Alex avait failli remettre Mme Stafford sèchement à sa place et lui dire ses quatre vérités.

Cependant, elle savait que cela n'aurait mené à rien.

Premièrement, n'ayant rencontré Max que la veille, elle n'était guère qualifiée pour commenter de manière approfondie son caractère et sa personnalité. Deuxièmement, au début de sa carrière dans la police, Alex avait suivi un cours sur les personnalités psychopathes ; or il semblait que la mère de Max présentait les symptômes du narcissisme – égocentrique, condescendante et injustement critique. Tout tournait autour d'elle, et toute tentative de défendre Max serait tombée dans l'oreille d'un sourd.

Elle fronça les sourcils à l'évocation de Max, soudain traversée par une pensée dérangeante : n'était-il pas parti depuis longtemps ? Trois heures, cela semblait un peu long pour une baignade, non ? Et si quelque chose était arrivé ? Et s'il avait eu une crampe et s'était noyé ? C'était un adulte qui vivait au bord de la mer et nageait beaucoup, mais elle devait peut-être contacter les garde-côtes. Juste au cas où.

Essayant de contenir son inquiétude croissante, Alex reposa sa tasse de thé, prit son téléphone et ouvrit le navigateur pour chercher le numéro. Alors, son regard fut attiré par quelque chose qui bougeait dans l'eau. Une silhouette fendait la surface miroitante de l'eau azur. Elle se figea.

Max ressemblait à une sorte de dieu grec émergeant des profondeurs, maître de la mer. Il n'avait pas péri dans les vagues.

Il atteignit les eaux peu profondes du rivage et se redressa. Il secoua la tête d'un coup sec, ce qui fit jaillir des gouttelettes étincelantes. Alex était trop loin pour distinguer les détails de son corps, mais sa silhouette bronzée était magnifique. Au moment où les longues jambes puissantes de Max apparurent, un désir pur et simple envahit Alex. Sa bouche devint sèche, ses seins lourds et tendus. Elle fut prise d'une envie folle de se lever, d'aller à sa rencontre et de finir sur le sable ce qu'ils avaient commencé dans sa suite.

Une fois sur la plage, Max attrapa une serviette sur une chaise longue. Il s'en frotta la tête, la passa autour de son cou et commença à remonter à grands pas vers les marches. Alex calcula que cela lui laissait environ trente secondes pour se ressaisir. *Loin d'être suffisant*, songea-t-elle en prenant une série de respirations lentes et profondes.

Lorsque Max s'arrêta juste devant elle, son grand corps sublime envahit tout son champ de vision. Elle réalisa alors que ses efforts pour calmer son excitation avaient été vains…

Il n'avait pas une once de graisse. Il était tout en muscles saillants, et ses abdominaux admirablement dessinés suggéraient, de même que son bronzage, qu'il ne passait pas tout son temps dans un bureau. Et elle n'avait pas besoin de se demander vers quoi menait la ligne verticale de poils bruns qui disparaissait sous la ceinture de son boxer, car elle l'avait senti. Quand elle avait pressé les hanches contre lui, une impressionnante érection avait palpité contre son ventre ; et, en cet instant, elle ne souhaitait rien de plus au monde que la chevaucher.

Alex ! se rappela-t-elle mentalement à l'ordre. Inutile de penser à ce qui se serait passé si cette porte n'avait pas claqué ; et encore plus inutile d'en parler avec Max. S'il le faisait, elle se comporterait comme si c'était sans importance. Un moment d'égarement. À présent, elle devait se persuader qu'elle était soulagée que la porte ait claqué, pas déçue. Le déni était la voie à suivre ici, car affronter la réalité de ces instants torrides alors qu'elle était encore en terrain instable avec lui était la pire idée du monde.

— Vous êtes parti longtemps, commença-t-elle d'un ton hésitant.

Une lueur éclaira son regard indigo.

— Vous étiez inquiète pour moi, Alex ?

Peut-être…

— Non.

— Il y a un restaurant sur l'eau de l'autre côté de la pointe. Je me suis arrêté pour boire un verre. Je vous emmène dîner là-bas ce soir.

— Je n'ai pas apporté de maillot de bain, tâcha-t-elle de plaisanter, même si c'était la pure vérité.

Le regard de Max se promena sur elle, si lentement et si intensément qu'elle eut l'impression que ses vêtements tombaient un à un comme des chiffons brûlés :

— Dommage…, murmura-t-il.

Dommage ? Non ! La mission n'incluait pas de maillots de bain, de dîners en bord de mer ou de se débarrasser de ses vêtements.

— Ce ne sont pas des vacances pour moi, Max. Je

m'attendais à aller directement à La Posada. Je n'ai pas fait mes bagages pour une escale sur une île des Caraïbes.

— Tant pis pour le maillot de bain, lança-t-il, ce qui la fit immédiatement penser à un bain de minuit avec lui sous le clair de lune. De toute façon, nous irons en bateau.

— Non.

— Oups ! Je vous demande pardon, dit-il avec un léger sourire qui la fit fondre. J'avais oublié mes bonnes résolutions. Je reformule : que diriez-vous de prendre le bateau ?

Pas question, quelle que soit la façon dont il le disait ! Elle n'était pas là pour s'amuser, et un dîner dehors lui paraissait étrangement dangereux.

— Je préférerais que vous fassiez appel aux débiteurs que vous avez mentionnés afin de faire avancer l'enquête.

— Je l'ai déjà fait.

— Quoi ? s'écria-t-elle, outrée qu'il ait encore agi dans son dos. Quand ?

— Dans l'avion.

— On avait un accord, Max. Vous m'avez demandé de tout partager avec vous, ce que j'ai fait. Le moins que vous puissiez faire est de m'inclure dans la prise de décision.

— Vous faisiez une sieste.

— Quand bien même, répliqua-t-elle avec froideur. Vous auriez dû me le dire.

— Je viens de le faire.

— Oh ! zut à la fin ! s'agaça-t-elle, les yeux au ciel. Vous êtes impossible !

Le sourire de Max s'élargit.

— Vous avez déjeuné ?

— Non.

— Moi non plus. Vous devez donc mourir de faim. On se retrouve ici dans une demi-heure et je vous emmène dîner ?

C'était plus une affirmation qu'une question. Alex baissa la tête, à court d'excuses, vaincue. Elle ne pouvait pas refuser, sous peine qu'il se demande pourquoi et se doute que leur baiser l'avait déstabilisée. Elle se consola en se disant qu'ils n'avaient pas ferraillé à armes égales, puisque son corps presque nu planté devant elle l'avait fortement troublée. D'ailleurs, elle laissa échapper un soupir de soulagement lorsqu'il disparut à l'intérieur de la maison.

6.

Max entra dans sa salle de bains, ôta son maillot et fit rouler ses épaules pour soulager la douleur qui s'y était installée à la suite de sa longue baignade.

Comme il l'avait espéré, la nage et une bière fraîche avaient apaisé la tension atroce qu'il avait ressentie à la suite de leur baiser interrompu. Mais cela avait pris un certain temps.

En sortant de la mer, il avait eu l'intention de se diriger directement vers ses quartiers. Mais il avait senti les yeux d'Alex sur lui comme un laser et avait dévié vers elle, attiré par une force invisible. Elle portait un T-shirt rose pâle moulant. La courbe séduisante de ses seins avait envoyé un éclair de chaleur dans son corps. Hélas ! elle semblait avoir choisi de nier l'alchimie qu'ils partageaient, songea-t-il en entrant dans la douche.

Ce qui n'était pas son cas.

Leur baiser l'avait terrassé. Il en désirait plus, désormais. Beaucoup plus. Et elle aussi, qu'elle le veuille ou non, qu'elle en soit consciente ou pas. Elle avait à peine réussi à détacher les yeux de son torse nu tandis qu'ils bavardaient sur la terrasse. L'éclat gourmand dans son regard avait été révélateur. Vu l'ardeur sauvage du baiser, il ne doutait pas que poursuivre dans cette voie sensuelle serait spectaculaire.

Cela n'avait rien à voir avec des sentiments, avec leurs points communs et leurs différences, avec la personnalité de la belle Anglaise. Max ne croyait pas en l'amour, et certainement pas en l'existence de l'attachement inconditionnel véhiculé par certains films et certains romans. Et même s'il avait cru en cette vision romantique et idéaliste, même s'il avait cru pouvoir mériter que l'amour l'attende quelque part, il en serait resté à bonne distance.

Alors qu'il croupissait en cellule, quelques années auparavant, il en était arrivé à la conclusion que l'amour était imprévisible et tumultueux. Il ne suivait aucune logique, était impossible à mettre en équation. Si l'amour était un organigramme, il ne serait pas joli et net, avec des cases carrées et des flèches droites. Ce serait un fouillis de bulles remplies de déclarations dramatiques au milieu d'un enchevêtrement de lignes ondulantes ; un état constant de confusion et d'agitation. Qui avait besoin de cela ?

Il avait eu quelques petites amies dans sa jeunesse, mais il avait décidé qu'il était bien plus sûr de bâtir son propre monde, de trouver sa place, de contrôler ses actions et ses émotions, d'en être le seul responsable. Les relations amoureuses impliquaient de prendre en compte les sentiments de quelqu'un d'autre, ce que personne ne lui avait jamais appris à faire. Et il n'avait aucune envie d'apprendre.

Max sortit de la douche, se sécha et, debout devant le lavabo, commença à faire mousser du savon à barbe sur sa mâchoire. Ensuite, il saisit son rasoir et traça méthodiquement des bandes sur son visage.

Les femmes… C'était un sujet simple pour lui : des relations d'une ou deux nuits, une semaine tout au plus. Aucune implication émotionnelle, pas d'attentes démesurées, et ce qu'il envisageait avec Alex n'était pas différent. La force de son désir pour elle était peut-être unique, mais Alex ne l'était pas. Tout ce qu'il voulait, c'était la mettre dans son lit. Donc, il allait se concentrer sur ce défi.

La Copa Alegre était un restaurant bien plus fabuleux que ce qu'Alex avait imaginé. La plate-forme en bois de deux étages était ancrée au fond de l'océan à trois cents mètres du rivage et flottait à la surface d'une mer d'huile d'un bleu céruléen. Au centre se trouvait un bar carré au toit végétal. D'un côté, des voiles géantes en tissu fauve ombrageaient le pont, sur lequel étaient installés une demi-douzaine de transats doubles aux dossiers inclinables. De l'autre côté se trouvaient une cuisine ouverte et un gril, où avait été préparé le délicieux plateau de fruits de mer arrivé à leur table vingt minutes auparavant. Des guirlandes lumineuses faisaient le tour de la structure et des rythmes latino-américains étouffés leur parvenaient des haut-parleurs situés à l'étage supérieur, qui était une terrasse ensoleillée le jour et une piste de danse le soir venu.

Ce n'était donc pas ce lieu époustouflant qui faisait regretter à Alex de ne pas avoir été plus ferme à propos de ce dîner, mais bel et bien Max, qui, allez savoir pourquoi, avait décidé d'user de son charme.

Il était déjà difficile de lui résister quand il était irritant et imprévisible ; c'était presque impossible quand il entretenait une conversation légère tout en affichant des sourires diaboliques. Et puis il y avait eu la révélation qu'il parlait couramment l'espagnol. Comme Alex n'en comprenait pas un mot, elle ne pouvait que deviner ce qu'il disait réellement lorsqu'il saluait des connaissances ou passait commande, mais son accent sexy et le timbre profond de sa voix lorsqu'il roulait les r lui donnaient des frissons.

Elle avait passé outre à son intention de s'en tenir à l'eau minérale pour garder l'esprit clair et avait cédé à la suggestion de Max – une margarita – à une vitesse embarrassante. Elle en but une gorgée en se désespérant de la façon dont cette soirée était en train de mal tourner.

Depuis qu'il était réapparu sur la terrasse à l'heure dite,

un désir insensé courait dans ses veines. Elle avait été agréablement surprise de constater qu'il s'était rasé. Ensuite, il y avait plein de petites attentions : la paume chaude sur ses reins quand il l'avait conduite au bateau, la prise ferme de ses doigts autour des siens lorsqu'il l'avait aidée à embarquer puis à débarquer à leur arrivée au restaurant, sa main qui était restée dans la sienne jusqu'à ce qu'ils s'installent…

En d'autres circonstances, cette soirée aurait pu ressembler à un rendez-vous galant. Mais ce n'était pas le cas et ne pouvait pas l'être. Et Alex ne parvenait pas à se détendre. Son cœur battait au rythme lascif de la musique, et elle avait trop chaud. Cette chaleur venait de son corps brûlant de désir, mais aussi du fait que ses vêtements n'étaient pas adaptés. Elle avait enfilé un haut sans manches et un pantalon ample, et pourtant elle se sentait engoncée. Le reste de la clientèle, très sélect, était bien plus légèrement vêtu, tout comme Max. Celui-ci portait un short couleur sable et une chemise blanche qu'il n'avait pas pris la peine de boutonner entièrement – ce qui était une autre source de trouble pour Alex. Elle aurait voulu se pencher en avant et le toucher. Lorsqu'il avait bu une gorgée de bière au goulot, une goutte de condensation avait atterri sur son pectoral droit. Alex avait eu le plus grand mal à se retenir de bondir pour la lécher…

Ce tourbillon étourdissant qui lui donnait le vertige n'était pas acceptable. Il ne serait pas professionnel d'y céder ; pire : cela ruinerait sa réputation. De toute façon, se raisonna-t-elle, même si elle n'avait pas été en mission et qu'ils s'étaient rencontrés dans des circonstances différentes, Max aurait été tabou. Premièrement, autoritaire comme il l'était, il ne lui aurait jamais permis de prendre la moindre décision, et deuxièmement, il aurait représenté une énorme menace pour le monde parfaitement ordonné qu'elle s'était construit et aurait pu la pousser sur la pente génétique glissante qu'elle craignait tant.

Non, elle devait se concentrer sur le travail et rester forte. Sa détermination ne devait pas faiblir, quelle que soit l'ampleur de la provocation orchestrée par Max.

Elle reposa son verre, déterminée, décidée à replacer l'enquête au cœur de la soirée.

— J'ai parlé à votre mère, annonça-t-elle. Vous aviez raison : elle n'a rien à nous apprendre sur cette affaire.

Elle saisit une crevette sur le plateau et commença à la décortiquer.

— Je vous l'avais dit.

Max semblait n'avoir rien d'autre à ajouter, mais elle devait poursuivre sur cette ligne afin de ne pas se laisser envoûter de nouveau par son si sexy compagnon.

— Vous n'êtes pas intéressé par ce qu'elle avait à raconter ?

— Rien ne m'intéresse moins en ce moment.

Son regard langoureux dériva sur elle, électrisant ses terminaisons nerveuses, et Alex faillit s'étouffer avec la crevette qu'elle venait de mettre dans sa bouche.

— Vous avez affirmé qu'elle était difficile. Je comprends votre point de vue.

— Vous ai-je dit combien vous êtes ravissante, ce soir ?

Ce compliment fit monter sa température en flèche, malgré tous ses efforts.

— Nous ne nous sommes rencontrés qu'hier. Je suis tout le temps comme ça, rétorqua-t-elle avec humour.

— Et toujours très professionnelle.

Alex accepta ce compliment-ci. Si Max reconnaissait que leur relation devait rester purement professionnelle, cela lui rendrait la vie beaucoup plus facile pour les jours à venir.

— Merci. Donc, pour en revenir à ce que je disais, je…

— Alex.

— Oui ?

— Arrêtez.

— Arrêter quoi ?

— Je ne vais pas vous parler de ma mère. Pas ce soir. Jamais.

Elle cilla, tout à la fois froissée et désarçonnée. Décidément, Max semblait décidé à la contrarier !

— Très bien, marmonna-t-elle, parlons d'autre chose, alors. Ces obligés que vous avez contactés dans l'avion, par exemple.

— C'est une trop belle soirée pour parler de l'enquête, la coupa-t-il. Nous aurons tout le temps de le faire demain, à notre arrivée à La Posada. Pourquoi ne pas faire une pause, ce soir ?

Alex évacua sa frustration d'un long soupir. Apparemment, elle devait accepter une fois de plus que Max soit le maître du jeu. Toutefois, elle se promit de rester sur ses gardes.

— Je n'ai pas fait de pause depuis des années, avoua-t-elle.

— Raison de plus pour en faire une maintenant.

— Vous débranchez de temps en temps, vous ?

— Trois ou quatre mois par an.

— Sérieusement ? s'exclama-t-elle, abasourdie. Et que faites-vous ?

— Je surfe. Je passe du temps avec mes amis. Je voyage.

Alex étouffa une pointe de jalousie et se consola en se disant qu'il était son propre patron depuis deux fois plus longtemps qu'elle.

— Cela ne vous a jamais inquiété pour vos affaires ?

Il la regarda pensivement pendant quelques secondes avant de reporter son attention sur le plateau de fruits de mer.

— Honnêtement ? Non. Je suis tellement demandé que je peux choisir.

— Vous avez de la chance !

— Ce n'est pas de la chance. Je suis exceptionnellement bon dans ce que je fais.

Les yeux fixés sur ses mains, qui décortiquaient avec habileté une pince de homard, Alex, au lieu de se moquer de sa vantardise, se demanda s'il était « exceptionnellement bon » dans un autre domaine, avec ses doigts par exemple, et si…

Stop !

— Votre site web indique que vous avez travaillé dans la police pendant dix ans, poursuivit Max, avant de créer votre propre agence il y a cinq ans.

— C'est ça, répondit Alex en se ressaisissant.

— Qu'est-ce qui vous a fait changer de voie ?

— Quand j'ai soupçonné mon mari de me tromper, j'ai engagé un détective privé pour découvrir la vérité et me faire un rapport. Ce qu'il a fait, mais sans aucun tact, sans aucune délicatesse. J'ai vu qu'il y avait un vide sur le marché pour une approche plus fine et sensible, et j'ai décidé de le combler. Nous avons commencé par des cas d'infidélité présumée, puis nous nous sommes étendus aux personnes disparues et à la fraude. Aujourd'hui, nous couvrons tous les aspects du métier.

— Impressionnant ! Je suis cependant surpris que vous ayez pris le risque de vous lancer.

— Pourquoi ?

— Vous dites aimer l'ordre et les règles. Une carrière dans la police aurait dû vous combler. Monter votre propre affaire, c'est beaucoup plus aléatoire.

Alex devait bien reconnaître qu'il avait raison. Elle n'avait jamais envisagé la situation sous cet angle. Peut-être était-elle plus encline à prendre des risques qu'elle ne le pensait, après tout…

— Mon mari travaillait lui aussi dans la police, révéla-t-elle. Nous nous sommes rencontrés en formation et avons été affectés dans la même région. Le divorce a compliqué les choses. Je n'étais pas obligée de partir, mais c'était difficile. Surtout quand il a commencé à fréquenter une collègue.

— C'est lui qui aurait dû partir, décréta Max.

— Je suis d'accord. Mais une fois que j'ai commencé à me pencher sur la question de l'indépendance et à faire des plans, c'était excitant. Je voulais passer à autre chose de toute façon. Dans tous les domaines.

— Qu'est-ce qui a mal tourné ?

Alex réfléchit avant de répondre. Sa vie privée ne regardait pas Max. On s'éloignait de la sphère professionnelle, et c'était un chemin qu'elle n'était pas sûre de vouloir emprunter. Elle n'aimait pas évoquer ses erreurs, ni se souvenir qu'elle avait naïve, imprudente et désespérée.

Et pourtant, si elle s'ouvrait à Max, peut-être se sentirait-il obligé de lui rendre la pareille ; d'accepter de lui parler de sa mère. Comme elle avait surmonté le désastre de son mariage depuis longtemps, ce ne serait pas traumatisant de tout lui raconter.

— Je me suis mariée bien trop jeune et bien trop vite, commença-t-elle en faisant tourner son verre entre ses doigts. J'avais déjà laissé le chaos familial derrière moi. Une relation solide me semblait être l'étape suivante, et je suppose que je pensais y trouver la connexion émotionnelle qui m'avait manqué à la maison. Je voulais absolument suivre la voie conventionnelle. Je pensais avoir trouvé un partenaire pour la vie et nous nous sommes fiancés en trois mois.

— Un vrai coup de foudre, donc.

— Pas vraiment. Il a piétiné nos vœux quelques mois après le mariage. Pourtant, il m'a fallu cinq années supplémentaires à essayer d'arranger les choses avant de réaliser que je devais y mettre fin.

— C'est un sacré délai !

— J'ai attendu beaucoup trop longtemps. Dieu sait où était passé mon amour-propre ! Mais je détestais l'idée d'échouer. Mille fois je lui ai redonné sa chance, mille fois j'ai cru à ses promesses. Comme une idiote, j'ai aussi essayé de changer. J'ai même refusé une promotion parce que cela aurait impliqué plus de temps loin de la maison et qu'il n'était pas d'accord.

— Vous n'avez rien laissé au hasard.

— Exactement. Sans résultat.

Alex secoua la tête et fixa l'horizon assombri pendant un moment avant de se reprendre. Les regrets étaient futiles. Tout ce qu'elle pouvait faire, c'était de s'assurer que, si elle parvenait à surmonter ses problèmes de confiance pour se lancer dans une nouvelle relation, elle ne referait pas les mêmes erreurs.

— Avec le recul, je suppose que je traversais une sorte de crise d'identité. Les officiers de police sont censés faire preuve de discernement. Ce n'était pas mon cas, on dirait…

— Cet homme était un idiot.

Le jugement sans appel de Max s'enroula autour d'elle comme un bienfaisant ruban de chaleur.

— Il était jeune, lui aussi. Et ma carrière avançait plus vite que la sienne, ce qui, je pense, l'intimidait. Il avait l'habitude de faire de petits commentaires sournois pour saper ma confiance et me rabaisser.

— Je persiste : un idiot.

— La seule bonne chose qui soit ressortie de ce désastre, c'est que je me suis fait la promesse de ne plus jamais essayer d'être ce que quelqu'un d'autre attendait de moi. Et que je l'ai tenue depuis.

— Qu'est-ce que vos parents voulaient que vous soyez ?

— Certainement pas officier de police ! J'ai grandi dans un quartier défavorisé de l'est de Londres, avec beaucoup de crimes et de problèmes sociaux. Mon école avait un taux d'absentéisme de quarante pour cent. Tout le monde s'en fichait. Un jour, j'ai dit à une de mes enseignantes que je voulais aller à l'université. Elle a éclaté de rire. À ce moment-là, j'ai compris que, si je voulais réussir quelque chose, je ne pouvais compter que sur moi. Entrer dans la police était une porte de sortie.

— Vos parents vivent toujours au même endroit ?

— Oui.

— Votre travail a dû rendre compliquées les visites.

— Presque impossibles. Mais je n'étais pas la bienvenue de toute façon. Je ne le suis toujours pas.

— Vous voudriez l'être ?

— Je ne suis pas sûre, soupira-t-elle. Parfois, j'en ai envie. C'est dingue, non ?

— Pas du tout. La famille, c'est difficile à gérer. La vôtre est probablement jalouse.

— Vous croyez ?

Il haussa les épaules.

— C'est une possibilité, je suppose. Mais en fin de compte, il vous faut accepter que vous ne puissiez rien changer.

— Facile à dire !

— Je sais…

Une ombre traversa le visage de Max. Elle se demanda alors soudain si ses paroles ne s'étaient pas autant adressées à lui-même qu'à elle. Se pourrait-il qu'il ne soit pas aussi décontracté qu'il aimait à le montrer, et qu'il soit en fait un personnage bien plus complexe qu'elle ne le pensait ? C'était une hypothèse bien plus séduisante qu'elle n'aurait dû l'être.

— Je pense que ce que vous avez accompli dans ces circonstances est remarquable, reprit-il.

Elle scruta son visage à la recherche d'une trace d'ironie ou de cynisme mais n'en décela aucune. Un petit coup de pouce à son estime de soi de la part d'un homme qui était son opposé dans presque tous les domaines : qui l'eût cru ?

— Merci, murmura-t-elle en rougissant.

— De rien. Un dessert ?

C'est toi que je veux en guise de dessert. Un peu salé, plutôt doux, très épicé...

Alex chassa cette réponse, soufflée par une petite voix intérieure délurée. Elle devait refuser. Il en allait de son équilibre, de sa santé mentale. Mais le « non » refusait de franchir ses lèvres. Même si elle se sentait sur le fil du rasoir, elle ne voulait pas que la soirée se termine.

— Un dessert, avec plaisir.

7.

Max plongea sa cuillère dans son sorbet à la noix de coco en se disant qu'il pouvait facilement comprendre la détermination d'Alex à ne pas se conformer aux attentes d'autrui. Combien de fois, enfant, avait-il voulu agir ainsi, en vain ? Combien de temps avait-il passé à essayer de comprendre ce que sa mère attendait de lui et à tenter de le lui offrir ? Cela ne s'était jamais bien terminé. L'échec inévitable rongeait la confiance en soi. Il fallait une sacrée force intérieure pour s'en remettre et, comme lui, Alex y avait réussi. Il se demandait si elle aussi était allergique au mot « compromis ».

Son ex-mari était le plus grand imbécile de la planète. Elle était belle, intelligente et douée : une femme à chérir, à protéger, pas à tromper. Cela sautait aux yeux. Ce type devait être bien peu sûr de lui pour dénigrer les succès de sa femme. Qui avait dû vivre un enfer.

Le mariage d'Alex et l'échec de celui-ci ne le concernaient pas. Ce qui était important, c'était qu'elle était célibataire et que son plan pour la mettre dans son lit porte ses fruits. Hélas ! cela ne semblait pas être le cas. D'abord parce qu'il était parasité par des émotions malvenues – empathie et admiration en particulier. Ensuite parce qu'Alex semblait indifférente à ses efforts pour se montrer charmant. D'habitude, lorsqu'il jouait les séducteurs, aucune femme ne lui résistait. La belle Anglaise répondait à ses tentatives de flirt par un froncement de sourcils ou un regard désapprobateur. Elle semblait ne même pas avoir remarqué qu'il avait laissé sa chemise ouverte…

Lui, en revanche, était tout sauf indifférent à son égard. Elle avait troqué son tailleur-pantalon pour un pantalon ample et un haut sans manches, ce qui lui donnait un air à la fois chic et décontracté – un résultat qu'elle n'avait pas recherché, il en était certain ; son élégance était naturelle, pas étudiée ni calculée. La brise marine avait desserré sa queue-de-cheval, de sorte que de charmantes vrilles de cheveux flottaient autour de son visage. Bon sang ! il mourait d'envie de la déshabiller et d'honorer sa beauté ! Plus la soirée avançait, plus il devenait fou.

— Ce que vous avez accompli est remarquable aussi, dit-elle.

Il mit un mouchoir sur sa frustration et leva les yeux vers elle.

— Qu'est-ce que vous voulez dire ?

— On dirait que vous n'avez pas eu une enfance facile non plus.

Oh non ! Pour l'amour du ciel ! Il n'avait aucune envie d'avoir cette conversation.

— Comme je vous l'ai déjà dit, ce sujet n'est pas d'actualité.

— C'était si terrible que ça ?

Cela avait été traumatisant et difficile, et Max attendait de la soirée qu'elle prenne une tout autre direction.

— Ce n'est ni le moment ni le lieu de discuter de mon passé.

— Pourtant, c'était le moment et le lieu pour discuter du mien, répliqua-t-elle d'une voix dont la douceur était démentie par le tranchant de son regard.

Qu'est-ce que cela signifiait ? Que, parce qu'elle s'était ouverte à lui, il était dans l'obligation de lui rendre la pareille ? Certainement pas ! Il ne l'avait pas forcée à révéler les détails de son mariage. Il ne lui devait rien.

Et pourtant…

Ce n'était peut-être pas une si mauvaise idée. Et si se confier réussissait là où son attitude de don Juan avait échoué ? Et si elle était le genre de femme à être séduite par les confidences plutôt que par la flatterie ?

Il la désirait plus qu'il n'avait désiré aucune femme, et se refusait à toute forme d'échec depuis qu'il était devenu un autre homme, à sa sortie de prison. Alors peut-être devrait-il faire d'échanges plus personnels une arme de séduction.

Après tout, que risquait-il ? S'ils établissaient une connexion, celle-ci ne serait ni profonde ni contraignante. Il n'avait rien à cacher. S'il n'avait jamais évoqué son enfance avec quiconque, c'était juste qu'il n'en avait jamais ressenti le besoin.

— D'accord, très bien, dit-il en posant sa cuillère dans son bol vide. L'environnement dans lequel j'ai grandi était malsain.

Max fut étrangement soulagé de ne voir dans son expression aucun signe de triomphe. Elle était parvenue à le faire parler de lui, ce que personne n'avait jamais réussi à accomplir, mais semblait n'en tirer aucune gloire.

— Vous avez dit que vos parents se disputaient.

— C'était plus que ça. Souvent une véritable guerre. Ma mère est odieuse.

— Votre mère est une narcissique.

— Qu'est-ce qui vous fait dire ça ?

— Je ne suis pas une experte, mais j'ai suivi un cours sur les personnalités psychopathes. Je pense qu'elle correspond au profil : demande constante de louanges, ignorance des besoins d'autrui et conviction d'être spéciale.

Cela paraissait très familier aux oreilles de Max.

— Et si j'ajoute : incapacité à supporter la critique,

recherche incessante d'attention et besoin obsessionnel de contrôler la vie des autres ?

Alex hocha la tête.

— Ça aussi.

— Alors vous pourriez avoir raison.

Il avait toujours su que sa mère était complètement égocentrique, mais il devait admettre maintenant que c'était sans doute plus grave que cela.

— La conversation que j'ai eue avec elle plus tôt dans la journée a été édifiante.

— Qu'est-ce qu'elle a dit ?

Alex le regarda pendant un long moment.

— Je pensais que vous ne vouliez pas savoir.

Eh bien, il avait changé d'avis. Depuis qu'il avait rencontré Alexandra Osborne, il avait l'impression désagréable de tâtonner dans le noir. Il avait perdu ses repères. Le chaos menaçait, et il devait y remédier.

— Faites-moi plaisir.

— C'est moche à entendre.

Rien de neuf sous le soleil, songea Max. Tout dans ses antécédents familiaux était moche.

— Je pense que je peux le supporter.

— Vous ne blâmerez pas la messagère si le message vous déplaît ?

Il avait des plans complètement différents pour la messagère si sa stratégie se réalisait.

— Promis.

— OK, dit-elle en prenant une profonde inspiration. Votre mère m'a dit que son mariage avec votre père battait de l'aile et qu'elle avait décidé qu'un bébé pourrait arranger les choses. Votre père a d'abord refusé, mais elle lui a dit que, s'il l'aimait, il ferait ça pour elle.

Même s'il s'attendait au pire, l'information le frappa comme un coup de poing. *Encore un ultimatum*, pensa-t-il, amer. Bon sang ! comme il les détestait ! Il n'avait donc pas été désiré du tout par ses parents. Il ne savait pas pourquoi c'était un tel choc alors que l'évidence avait toujours été sous ses yeux, mais ça faisait quand même bigrement mal.

— Elle a dit qu'elle ne se souvenait pas du tout de son voyage en Argentine, poursuivit Alex. Je ne sais pas si c'est vraiment le cas. Elle vous fait porter la responsabilité de beaucoup de choses, de façon tout à fait injuste. Ce genre de comportement peut être très destructeur. Je suis vraiment désolée.

Max détestait la pitié qu'il lisait dans ses yeux. Il aurait souhaité pouvoir hausser les épaules avec désinvolture, mais c'était impossible.

— Ce n'est pas votre faute. Mon père aurait dû lui tenir tête. Il aurait dû être plus fort. Il aurait dû dire non.

— Les narcissiques peuvent être très persuasifs et manipulateurs.

Elle avait raison sur ce point. Pour le monde extérieur, sa mère était belle et charmante. Ce n'était qu'avec sa famille qu'elle montrait sa véritable nature monstrueuse. Tout dans les apparences, ce qui expliquait sans doute pourquoi leur désastreux mariage avait duré si longtemps.

— Il était faible. Il était encore plus pitoyable que moi dans ses efforts pour complaire à cette femme insatiable.

— Un environnement malsain, en effet.

— Et pourtant, il m'y a laissé.

Ce que Max ne lui avait jamais pardonné. Mais peut-être que les circonstances de son adoption expliquaient l'attitude de son père, qui ne l'avait sans doute jamais considéré comme son fils.

— Ils ne partageaient pas votre garde ?

— Ma mère tenait à garder le contrôle sur moi, et mon père s'en fichait éperdument.

— L'avez-vous beaucoup vu avant sa mort ? demanda Alex d'une voix un peu tremblante.

— Deux fois. Il a déménagé à Los Angeles après le divorce.

Et aucune des visites n'avait été un succès. Il avait gardé beaucoup de colère à l'endroit d'un père qui voulait manifestement mettre tout ça derrière lui.

— De l'autre côté du pays, nota Alex.

— Ce n'était pas une coïncidence.

— Et vous avez choisi les Caraïbes comme port d'attache, ce qui est à… quoi… trois mille kilomètres de New York ?

Un bref ricanement lui échappa. Alex Osborne n'était pas la moitié d'une idiote.

— Ce n'est pas un hasard non plus.

— Je m'en doute. Et vos beaux-pères ?

— Aucun n'a été là bien longtemps.

— Utilisés, puis mis au rebut ?

— Oui. Et certains ont rapidement vu que la belle façade était trompeuse et ils se sont enfuis.

— Je n'ose pas imaginer l'enfer qu'a dû être votre enfance…

— Ce n'était pas très amusant, abonda-t-il dans un doux euphémisme. Mon père ne se souciait pas du tout de moi alors que ma mère était une obsédée du contrôle : mes amis, mes vêtements, la musique que j'écoutais. La faiblesse et l'échec n'étaient pas autorisés. Ils donnaient une mauvaise image d'elle. Ses attentes étaient incroyablement élevées et je les satisfaisais rarement ; alors, les critiques étaient incessantes. Rien de ce que je faisais n'était assez bien, et elle me le faisait savoir. Finalement, je me suis dit qu'il était moins compliqué de garder mes opinions et mes sentiments pour moi. Elle ne m'a jamais laissé de répit, alors j'ai attendu mon heure et je me suis tu jusqu'à ce que je sois accepté au MIT.

— Comment diable avez-vous fait pour vous en sortir ?

— J'avais ma communauté de hackeurs.

— Et moi, j'avais les études, dit-elle avec un lent signe de tête compréhensif. Je passais la plupart de mon temps à la bibliothèque. C'est là que j'ai compris que ma famille avait fait un choix de vie que je n'étais pas obligée d'imiter.

— D'où le besoin de suivre vos propres règles ?

— Voilà.

— Avez-vous été en colère ? Moi, je l'ai été pendant très longtemps.

— Je pense que je le suis toujours.

— Vous devriez essayer de passer quelques jours en prison. Rien de tel pour réfléchir à ce qui ne va pas et pourquoi. C'est beaucoup moins cher qu'une thérapie.

— Je m'en souviendrai, dit-elle avec un léger sourire. Mais vous avez conscience que vous n'êtes pas responsable du comportement de vos parents, n'est-ce pas ?

— En théorie, oui. En pratique, c'est plus compliqué.

— Comme je ne le sais que trop bien. Saleté de culpabilité, hein ?

Elle aussi en ressentait ? Décidément, les points communs s'accumulaient…

— C'est pour ça que vous tenez tant à retrouver vos parents biologiques ? reprit Alex.

— J'ai besoin de savoir qui je suis et d'où je viens, comment je me suis retrouvé avec des parents qui n'en avaient rien à faire de moi. J'ai passé la dernière décennie à croire que j'avais réglé le problème et à vivre dans une paix relative. Mais une interview de vingt minutes, il y a trois jours, a fait voler en éclats cette paix, et j'ai besoin de la retrouver. Je déteste ne pas savoir ce qui se passe. Il me manque tellement d'informations sur mon histoire que je me sens… incomplet. En équilibre précaire. J'ai besoin de ces informations. J'ai besoin de réponses.

Au fond de lui, il espérait aussi découvrir que, quelles que soient les circonstances qui avaient conduit à son adoption, il avait un jour été désiré. Toutefois, il était hors de question qu'il partage cet espoir avec Alex. Exposer sa vulnérabilité et ses fragilités à un autre être humain, très peu pour lui !

Elle le dévisageait avec une bienveillance qui le mettait mal à l'aise.

— Vous n'avez aucune idée de ce que c'est que d'avoir sa vie aussi soudainement déchirée, reprit-il pour briser le silence inconfortable qui s'installait.

— Détrompez-vous ! Quand j'ai découvert que mon mari me trompait, mon monde s'est effondré. Pas seulement mon mariage, mais tout ce pour quoi j'avais travaillé : une existence normale, structurée, conventionnelle. Il m'a fallu un certain temps pour me remettre sur les rails. Ce fut difficile, mais j'y suis parvenue, et rien ne me fera dévier de nouveau.

— C'est pourquoi le succès de cette mission est si important pour vous, pourquoi vous n'avez pas simplement pris mon argent et laissé tomber.

Elle se battait pour son avenir comme il luttait pour son identité.

— Quand j'étais jeune, on m'a toujours dit que je n'arriverais jamais à rien. J'ai travaillé dur pour prouver à ceux qui croyaient cela qu'ils avaient tort. Je ne crache pas sur les honoraires de Finn, bien sûr, mais son opinion m'importe au moins autant. S'il me recommande, parle en bien d'Osborne Investigations, cela m'ouvrira des portes.

Max acquiesça. Alex avait peu à peu perdu de sa réserve naturelle durant la conversation, avait évoqué son métier avec fougue. Elle était encore plus belle quand elle s'enflammait. La conversation avait pris un tour inattendu, personnel, mais il était temps d'en venir à autre chose, songea-t-il. Il désirait cette femme plus que jamais, l'heure était venue de passer à la vitesse supérieure dans sa stratégie de séduction.

— Si vous avez terminé votre dessert, peut-être pourrions-nous rentrer ? proposa-t-il avec un sourire charmeur.

Le voyage en bateau jusqu'à la maison de Max se déroula en silence. La nuit chaude et sombre agissait comme une sorte de couverture qui empêchait toute conversation, ce qui convenait parfaitement à Alex. Elle se sentait toute retournée par ce qu'elle avait appris sur l'enfance de Max.

Elle n'arrivait pas à se sortir de la tête son expression tourmentée lorsqu'elle lui avait révélé la teneur de sa conversation téléphonique avec sa mère. Cela avait été un choc pour lui, elle l'avait vu même s'il s'était repris avec une rapidité remarquable.

Aurait-elle dû se taire ? Cette question tournait en boucle dans sa tête. Si elle avait pu prévoir l'effet de ses propos sur lui, elle y aurait peut-être réfléchi à deux fois. Mais c'était lui qui avait demandé à savoir, et tout le monde méritait de connaître la vérité, aussi désagréable soit-elle. Alex ne faisait pas partie des gens qui pensaient que le bonheur allait de pair avec l'ignorance.

Si elle avait su que Max avait souffert, elle aurait supposé, en le voyant si sûr de lui, l'air si solide, qu'il avait surmonté cette souffrance, voire qu'il en était sorti indemne. Et elle aurait eu tort.

Comment aurait-il pu ne pas être affecté ? Il avait été acheté par deux personnes qui ne méritaient pas d'être parents, puis manipulé sans vergogne par l'une tout en étant négligé, puis abandonné, par l'autre. Il n'avait même pas eu de frères et sœurs, personne à qui parler, avec qui échanger à propos de ce qu'il vivait. Cela avait dû être tellement difficile de grandir entre un père qui n'avait pas voulu de lui et une mère qui ne voyait que son propre intérêt ! Où était l'amour, dans cette histoire ? L'affection ?

Pas étonnant que le jeune Max ait trouvé refuge dans une communauté en ligne pour y chercher ce qui lui manquait à la maison. Il n'y avait sans doute pas discuté du genre d'angoisse que son éducation avait dû générer, mais la camaraderie qu'il y avait trouvée avait certainement été sa seule planche de salut, tout comme les études l'avaient été pour elle. S'il y avait eu quoi que ce soit d'amusant dans tout cela, elle aurait pu trouver drôle qu'ils aient tous les deux tiré le mauvais numéro question famille.

Ses pensées furent interrompues par leur accostage. Ils retrouvèrent la terre ferme et montèrent les marches menant à la maison. Alex jeta un coup d'œil furtif à son mutique compagnon. Elle aurait donné cher pour savoir à quoi il pensait. Elle était intriguée par les nombreuses couches complexes qui composaient sa personnalité. Elle peinait à imaginer ce qu'il ressentait après avoir vu son monde chamboulé par la découverte de son adoption. Sa propre crise d'identité n'était en rien comparable à celle qu'il devait traverser.

— Un dernier verre ?

Sa voix grave brisant soudain le long silence la fit sursauter ; et frissonner, malgré la douceur de la soirée. Sans attendre sa réponse, il se dirigea vers le bar situé à l'extrémité de la terrasse.

— Non, merci. Je crois que je vais regagner mon lit.

Où elle repenserait à leur conversation et se demanderait s'il y avait un moyen de l'aider à faire face à ses démons.

Où elle réfléchirait à la perspicacité de Max quant à la possible jalousie de sa famille et à sa propre responsabilité à ce sujet.

Où elle s'efforcerait d'oublier ce qu'il lui faisait ressentir.

Où sa détermination à rester forte et à lui résister ne serait pas mise à mal par le désir brûlant d'en savoir plus sur lui.

Où elle ne serait pas perturbée par l'atmosphère intimiste

de cette terrasse délicatement éclairée par des centaines de discrètes et minuscules lampes solaires.

— Il est encore tôt, argua-t-il.

— La journée a été longue. Et demain, ce sera sans doute pire.

Il se retourna pour lui faire face et s'appuya au comptoir.

— Juste un verre.

— Le décalage horaire me rattrape.

C'était un mensonge. Elle avait encore de l'énergie à revendre, mais elle n'avait pas confiance en elle. L'intensité du regard de Max était une menace pour son équilibre. Elle pouvait gérer un léger flirt. Or Max semblait sérieux tout à coup. Et bien plus dangereux…

Il la captura dans son regard minéral, telle une biche affolée prise dans le faisceau des phares, et un demi-sourire sardonique releva la commissure de ses lèvres lorsqu'il lança :

— Trouillarde !

Alex se figea. Son cœur sauta un battement.

— Qu'est-ce qui te fait dire ça ?

Seigneur ! Elle était tellement troublée qu'elle venait de le tutoyer. Pas le meilleur moyen de garder ses distances… Et bien sûr, Max s'engouffra dans la brèche et la tutoya à son tour :

— Ta détermination à ignorer ce qu'il y a entre nous.

— Il n'y a rien entre nous, bredouilla-t-elle, la bouche sèche.

Le feu qui brûlait dans les yeux de Max la fit presque chanceler.

— Notre baiser de ce matin suggère le contraire.

— Comme je l'ai dit, c'était une erreur.

Et moins ils en parleraient, mieux elle se porterait.

— Je ne suis pas d'accord, dit-il d'une voix basse et

rauque. Il m'a presque fait exploser le crâne. Si la porte n'avait pas claqué, tu sais qu'on aurait fini au lit ensemble. Et qu'on y serait probablement encore.

Elle enviait la facilité avec laquelle il acceptait son propre désir, sûr de lui, confiant. Elle était tout le contraire et, malgré la chaude pulsation qui embrasait ses sens, elle ne pouvait s'empêcher de regretter qu'il n'ait pas lui aussi opté pour le déni.

— C'est toi qui le dis !

Max promena le regard sur elle, si lentement et avec tant de gourmandise que ses mamelons durcirent aussitôt. Pourvu qu'il n'ait rien remarqué !

— Je suis très attiré par toi, Alex. Comme tu l'es par moi. Tu peux continuer à faire l'autruche si tu veux, mais ça ne changera rien.

Le pire, c'était qu'il avait probablement raison. La pression qui l'écrasait était immense : combien de temps encore pourrait-elle la supporter ? Peut-être que, si elle bravait l'attraction, le mystère enivrant disparaîtrait, et avec lui le désir.

— D'accord, dit-elle, priant pour que son cœur cesse de battre si fort. C'est la vérité. J'ai envie de toi. Et ça ne me réjouit pas le moins du monde.

— As-tu la moindre idée de la rareté d'une alchimie telle que la nôtre ?

— Pas vraiment, admit-elle. J'imagine que je suis considérablement moins expérimentée que toi.

— Nous serions explosifs ensemble dans un lit.

— Cela n'arrivera pas ! répliqua-t-elle avec force.

— Pourquoi ?

— Conflit d'intérêts.

— Je te le répète, je ne suis pas ton client.

— Ce n'est pas la question, dit-elle, luttant pour se rappeler ce qu'était la question alors que sa tête était remplie d'images d'eux explosant ensemble. Trouver la vérité sur ton adoption est trop important pour que je gâche tout.

— Tu me veux.

— Cela n'entre pas en ligne de compte.

Son regard hypnotique l'ensorcela de nouveau.

— Tu sais que je peux te prouver que tu as tort, n'est-ce pas ?

Et comment, que je le sais ! Il ne lui faudrait même pas une seconde. Tout ce qu'il avait à faire était la frôler, et elle s'enflammerait.

— J'espère que tu as assez d'intégrité pour ne pas essayer.

— En toute autre occasion, j'aurais dit oui. Là, je dirais que c'est cinquante-cinquante.

Le cœur d'Alex fit une embardée. Pendant un horrible moment, elle ne put choisir de quel côté elle balançait. Elle fit un effort surhumain pour se reprendre.

— J'ai des règles.

— Sans blague ? ironisa Max.

— Ne te moque pas de moi.

— Est-ce que ce serait vraiment si grave si tu les enfreignais ?

Alex fit taire la petite voix dans sa tête qui criait : *Pas du tout !* Les risques l'emportaient largement sur tout bénéfice potentiel, fût-il « explosif ».

— Oui, dit-elle avec fermeté.

— Pourquoi ?

— J'ai travaillé très dur pour arriver là où j'en suis et ma réputation est essentielle. J'aurais beaucoup à perdre s'il s'avérait que je fricote avec une personne impliquée dans une mission.

— Qui le saurait ?

— Moi.

— Tu as du succès et tu es très respectée. Finn chante tes louanges. Il te décrit comme tenace et déterminée. Il ne t'aurait pas engagée si tu n'avais pas été recommandée. Je ne vois pas comment ta réputation pourrait être menacée si tu couchais avec moi.

— Tu perds ton temps, Max, déclara-t-elle en secouant la tête. Nous sommes totalement différents. Coucher avec toi apporterait le chaos dans ma vie. Tu es imprévisible, un électron libre. Et je ne veux pas de ça, même brièvement. J'ai besoin de garder le contrôle. Mes règles ne sont pas seulement une question d'ordre et de méthode. Elles me permettent de rester concentrée. Sur la bonne voie. Chaque matin, je me réveille avec le sentiment que, si je ne fais pas attention, je pourrais bien finir comme le reste de ma famille. Qu'il suffirait d'un seul faux pas, d'une seule entorse à mes principes pour que mes gènes prennent le dessus. Alors, je perdrais tout ce pour quoi j'ai travaillé si dur. Tu n'as pas la moindre idée de ce que c'est.

— Au contraire, je le sais exactement, rétorqua-t-il, les yeux brillants. J'ai fait tout ce qui était en mon pouvoir pour ne ressembler à aucun de mes parents. Peu importe que nous ne partagions aucun gène : l'éducation l'emporte sur la nature dans mon cas.

— Je ne prendrai pas le risque.

— Certains risques valent la peine d'être courus.

— Pas celui-là.

Max fit un pas vers elle. Son souffle se bloqua dans sa gorge.

— Je ne veux rien à long terme, Alex. Je ne suis pas fait pour ça. Je te veux, et cela durera aussi longtemps que nous travaillerons ensemble.

— Et après ?

— Chacun poursuit sa route. Sans regret.

Elle en aurait, elle le savait. Elle ne pourrait s'empêcher de se donner tout entière, comme elle le faisait pour tout. Son corps, son instinct lui soufflaient que Max était un amant fabuleux, un dieu du sexe. Mais les conséquences seraient désastreuses. Il était trop irrésistible, trop viril, trop *tout*. L'impact d'une aventure avec lui serait énorme, et elle ne voulait pas avoir à éponger les dégâts par la suite. Elle n'était pas prête à refaire cette erreur.

— C'est peut-être un jeu pour toi, Max, dit-elle d'un ton tranchant, mais ça ne l'est pas pour moi.

— Ce n'est pas un jeu.

— Alors, respecte mes règles. Respecte-moi. Et recule. S'il te plaît.

8.

Alex tourna les talons et partit en direction de l'aile des invités. Max prit une bière dans le réfrigérateur. La déception et la frustration le brûlaient tant qu'il avait l'impression de se rouler dans un champ d'orties. La détermination de la belle Anglaise était plus forte qu'il ne l'aurait cru. En d'autres circonstances, il l'aurait applaudie ; en cet instant, il la détestait et lui en voulait terriblement.

Il avait conscience qu'elle n'avait rien fait de mal. Elle avait bien sûr tout à fait le droit de le repousser, et elle lui avait donné une explication parfaitement recevable pour expliquer son choix de ne pas donner suite à leur attirance mutuelle. Il savait ce qu'elle ressentait quand elle affirmait redouter de devenir comme ses parents : il avait passé la moitié de sa vie à craindre que la faiblesse de caractère de son père et la personnalité manipulatrice de sa mère ne soient héréditaires.

Cependant, la raison était une chose et les névroses héritées du passé en étaient une autre. Tout ce qu'il voyait en cet instant, c'était qu'il avait fait de son mieux pour séduire Alex et qu'il avait échoué. L'attraction physique n'était pas suffisante. S'ouvrir à elle non plus. Lui, Max Kentala, n'était pas à la hauteur. Et il avait été rejeté. Une fois de plus.

La morsure de la douleur réveilla des souvenirs de son enfance enfouis depuis longtemps. Comme le jour où il avait sollicité son père pour l'aider dans un projet scolaire et qu'il s'était vu congédier d'un geste agacé accompagné d'un « plus tard » irrité. Comme la fois où il avait préparé un gâteau d'anniversaire pour sa mère, qui l'avait remercié avant de lui dire qu'elle surveillait son poids et de jeter le dessert à la poubelle.

Il porta la bouteille à sa bouche et avala une longue gorgée, comme pour noyer ces images désagréables et la sensation de faiblesse qui les accompagnait. Sa réaction au refus d'Alex était ridicule. Ce n'était pas si grave, après tout. Elle n'était pas la seule femme sur Terre, et beaucoup ne seraient que trop heureuses de passer une nuit ou deux dans son lit.

La vraie question qu'il devait approfondir, c'était pourquoi il avait tant insisté avec elle. Qu'est-ce qui la rendait digne d'une persévérance qu'il n'avait jamais eu à déployer avec aucune femme ? Quelles que soient ses motivations, songea-t-il, le résultat était le même. Malgré l'alchimie sensuelle qui grésillait entre eux, et qu'elle avait reconnue, elle ne voulait pas de lui. Alors il n'insisterait pas. Il n'avait aucun intérêt à le faire, Alex avait été très claire.

À partir de maintenant, fini les sourires et le charme : il allait adopter l'attitude professionnelle qu'elle appréciait tant. Il donnerait la priorité à l'enquête, comme elle l'avait fait. Il obtiendrait les réponses dont il avait besoin et remettrait sa vie sur les rails. Il trouvait légèrement pathétique que cela ait autant d'importance, alors qu'il n'était plus un gamin et que, à trente et un ans, il était au sommet de son art dans son domaine d'activité. Cependant, sur le plan personnel, les événements de ces derniers jours lui avaient révélé qu'il n'était pas aussi solide qu'il le croyait. Il peinait à remonter la pente, et c'était très frustrant. Il devait découvrir la vérité, quelle qu'elle soit, pour pouvoir aller de l'avant.

Fort de ces résolutions, il termina sa bière et gagna sa chambre.

Alex prenait son petit déjeuner seule dans la salle de restaurant du seul hôtel de La Posada, où Max et elle étaient arrivés tard la veille au soir. Ils avaient pris le bateau, puis le jet jusqu'à l'aéroport de La Quiaca, la plus grande ville de la région, et enfin un luxueux 4x4 pour parcourir les cent cinquante kilomètres de route.

Elle n'avait pas vu Max depuis leur arrivée, lorsqu'ils avaient appris qu'une chambre s'était libérée et qu'ils n'allaient finalement pas devoir dormir dans la même. Max l'avait réservée sans la moindre hésitation, sans même s'enquérir de son avis. Puis il avait demandé qu'on lui monte un repas dans sa chambre et il s'était éclipsé après un bref « bonne nuit ». Alex aurait dû être ravie et soulagée de ne pas être obligée de dormir dans la même suite que Max, et pourtant, elle en avait conçu une inexplicable déception.

Elle avait mal dormi, mais au moins elle s'était reposée, ce qui n'avait pas été le cas la nuit précédente, après avoir planté Max sur la terrasse de sa maison. Après la fin de non-recevoir qu'elle avait opposée aux avances de Max, elle avait passé une grande partie de la nuit à se demander comment les choses entre eux allaient se passer le lendemain matin.

Elle savait qu'elle avait fait ce qu'il fallait en jouant cartes sur table, mais comment réagirait-elle s'il ignorait sa volonté et se mettait en tête de la faire changer d'avis ? Elle avait cogité en fixant le plafond et en écoutant les bruits des animaux nocturnes et le ressac de la mer. Combien de temps serait-elle capable de résister à ses avances ? Elle aurait aimé avoir la certitude d'être inflexible, mais elle n'était qu'une pauvre mortelle envoûtée par un dieu viril et sexy, une simple femme à laquelle personne ne s'était intéressé depuis bien trop longtemps…

D'ailleurs, pourquoi avait-il jeté son dévolu sur elle ? Elle n'avait rien de spécial. Il devait sûrement connaître des femmes bien plus attirantes qu'elle, belles, intéressantes et sur la même longueur d'onde que lui. *Il t'a sous la main, tu es disponible et il a besoin de distraction, voilà pourquoi*, avait-elle conclu. Il ne pouvait guère en être autrement. Car même si la seule conversation personnelle qu'ils avaient eue, à La Copa Alegre, les avait rapprochés, ils ne jouaient tellement pas dans la même cour qu'il aurait pu tout aussi bien venir d'une autre planète.

Après des heures et des heures à se retourner dans son lit sans trouver le sommeil, à ressasser des hypothèses et des interprétations, Alex avait même envisagé, alors que le jour se levait sur son dernier matin aux Caraïbes, de lui dire d'aller en Argentine sans elle. Elle s'était alors giflée mentalement. Et s'était de nouveau promis solennellement de ne plus jamais laisser ses sentiments pour un homme lui barrer la route et saboter son travail.

Lorsqu'au matin elle avait retrouvé Max, elle avait rapidement compris qu'elle s'était inquiétée pour rien. Il avait clairement tenu compte de ce qu'elle avait dit. Les sourires avaient disparu, remplacés par une distance polie. Il ne l'avait pas touchée une seule fois depuis qu'il l'avait aidée à descendre de son hors-bord avant de rejoindre l'aéroport. Il l'avait à peine regardée de la journée. Dans l'avion, il avait été le professionnalisme incarné, ouvrant son ordinateur portable à la minute où ils avaient décollé et ne levant le nez de son écran que pour passer des appels à l'autre bout de la cabine.

Alex, en revanche, n'avait pas pu se concentrer sur quoi que ce soit. Elle était agitée, comme assise sur des charbons ardents, et de plus en plus irritée par l'attitude distante de Max à mesure qu'ils approchaient de leur destination. N'était-elle pas exagérée ? Ils auraient pu trouver un modus vivendi satisfaisant entre le flirt et le glacial, non ?

Elle but une gorgée de café et avala la dernière bouchée de sa délicieuse *medialuna* au beurre. Hélas, aussi exquis soient-ils, les croissants argentins n'avaient pas dissipé son agacement. Afin de penser à autre chose qu'à la nouvelle posture distante de Max, elle se répéta les informations qu'elle avait récoltées à propos de La Posada : six mille habitants, située à l'extrémité orientale des Andes, au sommet d'une crête, reconstruite à une trentaine de kilomètres du site d'origine après un tremblement de terre dévastateur vingt ans auparavant.

Un tremblement de terre… C'était un peu ce qu'elle avait l'impression de vivre depuis sa rencontre avec Max Kentala. Un séisme intérieur d'une magnitude maximale qui lui faisait perdre ses repères et réagir en dépit du bon sens. Car ne devrait-elle pas être heureuse de constater qu'il avait fait machine arrière sur le terrain de la séduction ? Il n'avait fait que lui obéir, sapristi ! Qu'est-ce qui n'allait pas chez elle ? Pourquoi les sourires, les sous-entendus et même le léger parfum de danger lui manquaient-ils ?

Alex était sur le point de conclure qu'elle était définitivement devenue folle lorsque sa respiration se bloqua. Max traversait la pièce, se faufilait entre les tables, mélange félin de grâce et de puissance.

Mon Dieu ! il est magnifique…

Il ne s'était pas rasé, et Alex se souvint du contact de sa barbe de trois jours sur sa peau lorsqu'ils s'étaient embrassés. Ses cheveux étaient humides, et aussitôt elle le vit dans la douche, debout sous le jet tandis que l'eau fumante ruisselait sur son corps d'athlète. Un brasier naquit au cœur de sa féminité soudain palpitante.

— Bonjour, dit-il, avec ce sourire impersonnel qu'Alex avait appris depuis vingt-quatre heures à détester.

Alex avait tout à coup l'impression qu'il faisait très chaud si tôt dans la journée. Et elle avait du mal à respirer, mais ce n'était pas à cause de l'altitude.

— Bonjour, réussit-elle à articuler péniblement.

— Tu as bien dormi ?

— Comme un loir, mentit-elle. Et toi ?

— Pareil.

Elle se demanda s'il n'exagérait pas, lui aussi. En l'observant tandis qu'il prenait place en face d'elle, elle nota que son visage était légèrement plus pâle que d'habitude, et ses traits tirés. De légères rides encadraient sa bouche et barraient son front. Mais son expression était indéchiffrable et son regard ne révélait rien.

Elle aurait aimé lire dans son esprit. Sans doute y aurait-elle découvert qu'il était ébranlé. Ne se trouvaient-ils pas dans son pays de naissance, sur la terre de ses ancêtres ? De plus, ils étaient à une demi-heure de l'orphelinat où il avait vécu quelques mois avant d'être emmené aux États-Unis. Tout cela ne datait pas d'hier, certes, mais comment imaginer que cela n'avait aucun effet sur lui ? Il avait réagi si rapidement après avoir vu l'interview en ligne de Finn et Rico qu'il semblait impossible qu'il soit indifférent. Alors, se pourrait-il que le détachement stoïque dont il faisait montre soit sa façon de gérer un grand bouleversement émotionnel ? Pouvait-elle l'aider, d'une manière ou d'une autre ?

— Comment te sens-tu ? demanda-t-elle.

— À propos de quoi ?

— Eh bien, de… de tout, bredouilla-t-elle en l'examinant attentivement à la recherche d'une réaction ou d'un signe, aussi minuscule soit-il. Mais surtout du fait d'être ici, en Argentine.

— Je me sens super bien. Pourquoi ?

— Je pensais que la visite d'aujourd'hui à l'orphelinat pourrait être difficile pour toi.

— Pas le moins du monde, dit-il en prenant une *media-luna* bien dorée.

— Tu es sûr ?

— Oui. Ça ira, c'est super.

Deux « super » d'affilée, releva Alex. D'après son expérience, rien ne pouvait mieux suggérer un problème.

— À quelle heure partons-nous ?

— Il n'y a pas besoin que tu viennes.

Quoi ? Alex se raidit. Pas question qu'il la mette à l'écart ! Et puis ses épaules étaient tendues, sa mâchoire avait l'air d'être sur le point de se briser : il n'était vraiment pas « super bien ». Donc il était hors de question qu'elle le laisse traverser seul cette épreuve. Il avait déjà dû faire face sans aide à suffisamment de choses.

— Je ne suis pas d'accord, déclara-t-elle, déterminée, le menton levé.

— Dommage.

— C'est ma mission aussi, Max. J'y travaille sans relâche depuis huit mois. Je suis aussi investie que toi.

Le regard de Max croisa enfin le sien. Alex y lut de l'incrédulité, ainsi qu'une bonne dose de scepticisme.

— Tu ne peux pas être aussi investie que moi.

— Considère-moi comme un soutien moral, alors.

— Je n'ai pas besoin de soutien, moral ou autre, répliqua-t-il, catégorique.

Si, il en avait besoin, quoi qu'il en dise et quoi que son attitude impassible donne à voir. Alex la comprenait, néanmoins. Pour lui, cette quête revêtait sans doute un caractère très personnel. Lui et elle n'étaient pas amis. Ils n'étaient pas amants. Ils étaient tout au plus des collègues, et elle lui avait demandé de garder ses distances. Alors, pourquoi diable voudrait-il partager cette expérience avec elle ?

Toutefois, il pouvait protester autant qu'il voulait, elle ne le lâcherait pas d'une semelle. En ce moment, elle était la seule personne susceptible de l'aider. Une grande partie de son travail consistait à gérer les retombées émotionnelles de ses enquêtes, avec le plus de sensibilité et d'humanité possible. Elle savait instinctivement quand intervenir et quand rester en retrait. Elle avait aussi appris à regarder sous la surface ; or, sous celle de Max, sous le stoïcisme affiché et le self-control apparent, elle devinait un grand tourment.

— Alex, reprit-il, tu m'as remis à ma place et m'as demandé d'y rester. Maintenant, je te demande d'en faire de même.

Malgré son ton presque menaçant, Alex ne se démonta pas :

— C'est différent. Je m'inquiète pour toi, Max, et j'ai beaucoup d'expérience pour recoller les morceaux quand il y a de la casse. Alors je viens avec toi.

S'il continuait à rejeter sa main tendue, elle n'insisterait pas ; mais s'il disait de nouveau « super », elle saurait qu'elle avait eu raison de ne pas baisser les bras.

Max poussa un profond soupir et haussa les épaules comme s'il s'en fichait.

— Super.

Le trajet vers l'orphelinat de Santa Catalina prit plus de temps que prévu. Non seulement la route était criblée de nids-de-poule et parsemée de rochers, mais ils devaient sans cesse s'arrêter pour éviter les alpagas errants. Max devait faire preuve de toute sa concentration pour esquiver les dangers, mais à chaque kilomètre, son pouls s'accélérait et son estomac se tordait un peu plus.

Malgré ce qu'il avait affirmé à Alex dans l'espoir qu'elle le laisse tranquille, il se sentait mal depuis qu'ils avaient atterri en Argentine. Au début, le malaise était vague, un léger cocktail d'anticipation et d'incertitude. Mais pendant la nuit, la sensation d'étouffement avait empiré, comme si sa poitrine et sa tête étaient prises dans un étau.

Il se rendait compte qu'il n'avait pas réussi à cacher à Alex le désordre de ses émotions, ce qui le contrariait. Elle avait vu juste sur les raisons de ce tourment : à la minute où il avait posé le pied sur sa terre natale, il avait été secoué avec une force qu'il n'aurait jamais pu prévoir. En arrivant à La Posada, alors que l'orphelinat était si proche, il avait eu la sensation troublante que ses fondations se fissuraient.

Mais il n'arrivait pas à comprendre pourquoi il en était ainsi.

Des jours durant, il avait tenu le chaos à distance en se concentrant sur sa volonté de mettre Alex dans son lit. Malheureusement, la résistance de celle-ci avait fait voler son bouclier en éclats, et le chaos s'était installé. Les émotions qu'il pensait avoir maîtrisées voici plus de dix ans se bousculaient désormais en lui, féroces, dangereuses. S'il ne les contrôlait pas, il risquait d'imploser. Et si cela devait se produire, il préférait que ce soit sans témoins.

Alors, pourquoi diable avoir cédé et avoir autorisé Alex à t'accompagner, espèce d'idiot ? se réprimanda-t-il.

La réponse était évidente : l'idée qu'elle lui apporte son soutien était agréable. Réconfortante. Et il était soulagé qu'elle ait résisté à sa tentative de l'écarter de la mission.

Pourtant, s'il était content qu'elle soit à ses côtés, il devait combattre ce sentiment. Après tout, il avait parfaitement survécu sans son aide jusqu'à aujourd'hui – sans l'assistance de personne, d'ailleurs. La dernière chose qu'il souhaitait était qu'elle ramasse ses morceaux au cas où il se briserait ; et qu'elle s'apitoie sur son sort, ce qu'il était parfaitement capable de faire tout seul.

De toute façon, l'inquiétude et le soutien d'Alex n'étaient sans doute qu'une excuse, car pour elle, tout tournait autour du travail. Elle lui avait clairement fait comprendre à quel point cette mission était importante pour elle, alors elle n'allait pas laisser passer la chance de trouver des preuves supplémentaires ou de fermer cette piste une fois pour toutes. S'il avait un peu de bon sens, il se concentrerait sur les motivations réelles de la détective et non sur celles, plus déstabilisantes pour lui, qu'elle affichait.

Après avoir consulté la carte que le réceptionniste de l'hôtel avait esquissée sur une feuille, Alex lui fit quitter la route principale. Il bifurqua sur un chemin bordé de vestiges de maisons en ruine.

— Cela a dû être un sacré tremblement de terre, murmura-t-elle en contemplant le paysage dévasté.

— Ça semble risqué d'avoir construit une nouvelle ville si près de l'ancienne.

— De meilleurs matériaux et des méthodes plus modernes, je suppose.

Elle désigna du doigt un bâtiment délabré à quelques centaines de mètres sur la gauche.

— Le voilà ! C'est l'orphelinat.

Max se gara et sortit du 4x4. Le martèlement de son pouls résonnait douloureusement dans son crâne. Un vent sec et poussiéreux sifflait en s'engouffrant dans les rues désertes. Le seul signe de vie était un couple de chèvres qui grignotait l'écorce d'un arbre couché au milieu des décombres. Le décor était morne, désolé et sinistre, et Max sentait un frisson glacé lui courir sur la peau malgré le chaud soleil de midi.

À peine conscient de la présence d'Alex, il marcha vers l'orphelinat, comme attiré par une force invisible. La porte d'entrée et les fenêtres avaient disparu, et le toit était effondré. Il pénétra dans ce qu'il restait du bâtiment et commença à se frayer un chemin dans les gravats.

Comment diable lui et ses frères avaient-ils atterri ici ? Qui les avait laissés là ? Pourquoi ? Avaient-ils été heureux ? Bien nourris et soignés ? Comment avaient-ils pu être séparés ? Quel genre d'agence d'adoption avait permis une telle chose ?

En l'absence de souvenirs, les spéculations l'envahirent.

Sa vision se brouilla. Il avait le souffle court. Des bébés. Des enfants. Le bruit, l'agitation, les nonnes. Il pourrait se trouver à l'endroit même où ses frères et lui avaient dormi autrefois…

Mais il n'y avait aucun indice ici. Cet endroit avait été dépouillé depuis longtemps de tout ce qu'il recelait d'utile ou de précieux. Le meuble de classement rouillé qui était boulonné à ce qui restait d'un mur avait déjà été vidé de ses documents par le contact d'Alex, qui y avait trouvé l'acte de naissance de Max et ceux de ses frères. Il ne restait rien d'autre.

Que t'attendais-tu à trouver ? s'interrogea-t-il, amer. Pourquoi était-il venu, alors que l'endroit avait déjà été soigneusement fouillé ? La précipitation de sa décision et sa confusion actuelle dénotaient une faiblesse qu'il détestait. En fait, toute cette expérience le rendait malade. Ses mains étaient moites et la nausée menaçait de le submerger. Le monde semblait tourner autour de lui, et il pouvait à peine respirer. Le sang se vidait de sa tête et ses forces s'épuisaient.

Et s'il n'obtenait jamais les réponses qu'il cherchait ? Et si ni Alex ni lui ne découvraient jamais la vérité ? Comment serait-il alors capable de maîtriser tout ce qui bouillonnait en lui et de comprendre le sens réel de sa vie ? Et s'il ne retrouvait jamais un sentiment de paix ? Et si ce chaos s'installait pour toujours ?

Il avait besoin de sortir, de quitter cette atmosphère oppressante, de reprendre ses esprits. Il était terrifié de constater qu'il perdait toute emprise sur lui-même à une vitesse folle. Il ne pouvait pas gérer ce tumulte plus longtemps. Cela lui rappelait des souvenirs indésirables de vulnérabilité et de désespoir. Il se détraquait.

Il n'avait pas besoin de savoir qui il avait été autrefois pour savoir qui il était maintenant. C'était à lui de décider de son futur. Ce voyage avait été une erreur. Pendant une décennie, il s'était concentré sur l'avenir avec une concentration et une détermination qui n'avaient pas faibli une seule fois. Alors pourquoi avait-il flanché cette dernière semaine ?

— Alex ? cria-t-il, puisant dans ses dernières forces.

— Par ici, entendit-il depuis quelque part sur sa gauche.

— Nous partons.

9.

Un peu essoufflée, Alex devait courir à moitié pour suivre les longues et rapides foulées de Max, qui semblait avoir le diable aux trousses.

— Est-ce que ça va ? dit-elle en haletant, inquiète, après l'avoir rejoint à la voiture.

— Non, ça ne va pas.

Une grimace lui tordait le visage. Il avait les dents et les poings serrés.

— Qu'est-ce qu'il y a ?

— J'en ai fini avec ça.

L'air lui manqua soudain. *Mon Dieu ! Tu n'aurais pas dû le laisser seul.* Elle avait voulu lui octroyer un peu d'espace et d'intimité dans l'orphelinat et était restée en retrait, ce qui avait manifestement été une erreur de jugement.

— Je me doute que ça n'a pas dû être un moment facile…

— Je ne parle pas seulement d'aujourd'hui, dit-il sèchement, mais de toute cette foutue enquête.

Il déverrouilla le 4x4 et tira sa portière d'un geste brusque. Comme un zombie, Alex ouvrit la sienne et grimpa dans le véhicule, en état de choc.

— Que… quoi ?

— J'en ai ma claque. C'est terminé.

Il mit le contact et opéra un demi-tour brutal, qui fit crisser les pneus et souleva un nuage de poussière autour d'eux. Puis il s'engagea à toute allure sur le chemin, comme s'il semblait vouloir mettre le plus de distance possible entre lui et la ville en ruine.

— De quoi parles-tu ? bredouilla Alex, pas très rassurée par sa manière de conduire.

— Je pars, asséna-t-il, le regard fixé sur la route, les doigts agrippés au volant comme si sa vie en dépendait. Je rentre chez moi.

Alex secoua la tête, abasourdie.

— Non ! Tu ne peux pas faire ça !

— Tu pourras utiliser le jet. Je me débrouillerai.

— Mais… pourquoi ? s'écria-t-elle.

— J'ai du travail.

Cela n'avait aucun sens. Ne lui avait-il pas affirmé qu'il était entre deux contrats ?

— Tu m'as dit que tout ce dont tu avais besoin pour travailler était ton ordinateur portable.

— Tu n'as pas besoin de moi ici.

— Si !

— De quelle manière ?

Alex s'efforça de réfléchir posément. Elle s'était débrouillée seule pendant huit mois. Elle n'avait pas vraiment besoin de lui, en vérité, mais elle ne voulait pas qu'il parte. Elle s'était habituée à l'avoir près d'elle. Ils étaient censés travailler ensemble, non ? De plus, il n'était clairement pas dans son assiette, et comment était-elle censée garder un œil sur lui pour Finn s'il rentrait chez lui tout seul ? Il lui fallait un prétexte, et vite, le premier qui lui passait par la tête.

— Je… je ne parle pas espagnol, lança-t-elle.

— Tu es compétente et motivée. Tu te débrouilleras très bien sans moi.

— J'ai un plan !

Elle avait affirmé cela pour gagner du temps, mais Max avait haussé un sourcil, attendant vraisemblablement la suite. Le cerveau d'Alex était en surchauffe. Elle devait improviser.

— La première étape est de vérifier tous les hôpitaux dans un rayon de cent kilomètres autour d'ici. L'étape deux, c'est de parier sur le fait que tes parents biologiques vivent près de cet endroit. Il faut donc que tu te montres dans toute la ville au cas où quelqu'un te trouverait une ressemblance avec une connaissance. Cela vaut la peine d'essayer ! Mais il faut que tu sois là.

— C'est complètement improbable, marmonna-t-il en lui jetant un regard incrédule. Tu ne t'es jamais dit que nous pourrions ne jamais découvrir la vérité ?

— Si, bien sûr. Mais je ne veux pas m'attarder sur cette hypothèse. Je dois terminer cette mission.

L'idée de la défaite la rendait malade. Il n'était pas question d'échouer.

— Je ne t'en empêche pas.

— Tu dois toi aussi aller jusqu'au bout, Max.

— Non. J'en ai assez de fouiller dans le passé. On ne peut pas le changer. Je vais me concentrer sur l'avenir. C'est ainsi que mes frères ont géré les choses. Ils regardent vers l'avant, pas vers l'arrière.

Certes, mais Finn et Rico avaient des compagnes pour les épauler et pouvaient se concentrer sur leurs familles respectives. Max n'avait personne. Sa seule certitude, son seul phare à ce stade de son existence était sa quête, sa recherche de la vérité. Alex ne le laisserait pas gâcher la chance de trouver des réponses à cause d'une réaction épidermique. Elle devait l'aider à réfléchir plutôt qu'à agir sur un coup de tête.

— Tes frères ont eu beaucoup plus de temps pour assimiler les choses. Et ça n'a été facile pour aucun d'eux, au début.

La voiture fit une violente embardée. Max semblait dans un état second. Avait-il même conscience d'être au volant ? se demanda-t-elle, le cœur dans la gorge.

— Alors, tout ce dont j'ai besoin, c'est de temps.

— Gare-toi ! ordonna Alex.

— Quoi ?

— Arrête-toi ! S'il te plaît. Tu as failli percuter un alpaga !

— Quel alpaga ?

— Voilà, c'est précisément le problème. Tu n'es pas en état de conduire.

À la grande surprise d'Alex, Max obtempéra, mâchoires serrées. Il coupa le moteur et lui jeta la clé. Ils descendirent et échangèrent leurs places. Une fois installée au volant, elle se tourna vers Max, qui bouclait sa ceinture. Constater à quel point il tentait de contenir ses émotions lui déchira le cœur.

— La clé va dans le contact, Alex.

— Regardons calmement la situation, répondit-elle, ignorant sa remarque ironique.

— Je suis calme. Et pas d'humeur pour une psychanalyse, alors démarre.

— Bientôt.

— Tu vas m'obliger à marcher jusqu'à l'hôtel ?

— Si c'est ce dont tu as besoin.

— Ce dont j'ai besoin, c'est de commencer à faire mes bagages.

Comment faire pour convaincre cette tête de mule ? se demanda Alex. Une tête de mule extrêmement sexy, certes, dont la présence si proche faisait grésiller tous ses sens, mais une tête de mule quand même. S'il était déterminé à partir, elle ne pourrait rien faire pour l'en empêcher. Il était tellement tendu.

Soudain, une idée jaillit. Une *bonne* idée.

— Et si nous faisions un break ? Pourquoi ne pas prendre du temps pour nous ?

Max la regarda comme si elle s'était changée en poule.

— Du temps pour nous ?

— Ces derniers jours ont été incroyablement intenses pour moi. Je ne peux pas imaginer ce qu'ils ont été pour toi. J'ai lu qu'il y avait un désert de sel non loin d'ici, juste de l'autre côté de la frontière. Cela pourrait valoir la peine d'y jeter un coup d'œil.

— Tu es folle ?

Au contraire, elle ne s'était jamais sentie aussi saine d'esprit de sa vie.

— On va y aller, affirma-t-elle, de plus en plus convaincue que c'était la bonne solution. Après le déjeuner. On observera la nature. On regardera le coucher du soleil et les étoiles. Il y a même un lodge ou nous pourrions passer la nuit avant de revenir revigorés demain.

— Revigorés ? répéta-t-il, l'air toujours aussi abasourdi et incrédule.

— Tu as dit que je devais faire une pause.

— Tu n'as pas besoin de moi pour ça.

— Et toi, tu n'as besoin de moi pour rien, riposta Alex. Mais je ne te laisserai pas tout gâcher, Max. Tu dois te donner une chance. Pour tes frères et, plus important, pour toi-même. Je connais bien ce sentiment de ne pas savoir qui on est vraiment, et je sais à quel point ça peut être déstabilisant de le découvrir. Mais je sais aussi le soulagement que l'on ressent quand on en est sorti. Si tu pars, tu le regretteras. S'enfuir ne résout rien.

Elle laissa pendant un moment son message faire son chemin dans le cerveau de Max, puis elle se pencha un peu en avant, le regard fermement rivé au sien. En injectant autant de persuasion dans son ton qu'elle le pouvait, elle reprit :

— Soyons des touristes pendant vingt-quatre heures. Nous ne parlerons pas de notre mission. Nous nous détendrons. Nous nous viderons la tête. Qu'en penses-tu ?

Max n'avait pas envie de « faire un break », ni dans un désert de sel ni ailleurs. Il ne concevait rien de moins attirant que de faire le touriste et d'observer les étoiles avec une femme qui l'avait rejeté impitoyablement et qui l'attirait toujours autant. Il serait masochiste s'il acceptait, alors que tout ce qu'il voulait faire, mais ne pouvait pas, était la serrer contre lui et l'embrasser à perdre haleine.

Il ne voulait pas d'une quelconque conversation avec elle. Ils avaient beaucoup parlé – trop, en fait – et ils étaient déjà logés dans un hôtel parfaitement correct à La Posada : pourquoi aller dans un lodge, aussi luxueux soit-il ? D'ailleurs, qui était-elle pour prétendre l'aider à se détendre ? Depuis qu'il la connaissait, elle n'avait jamais donné la moindre preuve d'en être capable elle-même. Elle semblait sans cesse tendue, sur ses gardes.

Et qu'est-ce qui lui donnait le droit d'affirmer qu'il le regretterait s'il partait ? Elle n'en savait rien. Il n'était pas « déstabilisé », contrairement à ce qu'elle déclarait. Il ne s'enfuyait pas. Il en avait juste assez. Il était complètement dépassé par tout ce qui s'était passé récemment et il était fatigué. Il avait à peine dormi, ces derniers temps. Il voulait rentrer chez lui, s'écrouler pendant un mois et se réveiller en réalisant que la semaine qui venait de s'écouler n'avait été qu'un mauvais rêve.

Mais ça ne l'était pas. C'était la réalité. Sa nouvelle réalité, en fait, et une grande partie de celle-ci – la révélation qu'il avait des frères – l'enchantait. Le reste, pas vraiment, mais, pour être tout à fait honnête, il n'allait probablement pas pouvoir y échapper en rentrant chez lui. Il avait beau essayer de se convaincre que le passé n'avait pas d'intérêt ou d'importance pour lui, ce n'était pas le cas, et ce passé le suivrait partout où il irait, suppurant toujours plus en lui et corrodant son identité et son amour-propre aussi longtemps que les questions resteraient sans réponses.

Il devait retrouver sa famille biologique pour savoir s'il

avait été désiré. S'il avait un jour compté pour quelqu'un, n'importe qui. En rencontrant ses frères, il s'était senti soudain ancré à quelque chose, à quelqu'un. Cela lui avait fait comprendre qu'il avait toujours été à la dérive, doutant de sa place dans le monde.

Mais maintenant qu'il avait la possibilité de donner un sens à tout cela, quel autre choix avait-il que de rester et d'aller jusqu'au bout ? Quelle que soit l'issue, au moins il saurait qu'il avait tout donné. Au moins, il pourrait l'assimiler et, d'une manière ou d'une autre, passer à autre chose.

Quand Alex lui avait fait remarquer qu'il allait laisser tomber Finn et Rico, Max avait été touché au plus profond de son être. Il appréciait beaucoup ses frères et la relation qu'ils commençaient à tisser, et il ne ferait rien qui risquerait de la mettre en danger. Il leur avait dit qu'il mettrait tout son cœur à découvrir la vérité et, bien qu'il aime briser les règles, il ne rompait pas ses promesses. Comment avait-il pu oublier de prendre ses frères en considération ? Alex avait sans doute raison : il avait besoin d'une pause. Peut-être serait-il sage de lui céder sur ce point.

Sans compter qu'il ne s'agissait pas uniquement de lui, mais aussi d'elle, de sa carrière et de son avenir. Il avait accepté qu'ils travaillent ensemble ; jusqu'à présent, elle avait rempli sa part du marché. Elle était même allée au-delà. Elle s'était montrée résolue et inébranlable, alors qu'il lui avait parfois rendu la tâche difficile. Il n'avait jamais eu ce genre de soutien inconditionnel, dont il ne savait pas trop quoi faire. Toutefois, il devait au moins à Alex de rester un peu plus longtemps.

Et puis, malgré le stress et l'agitation qui prenaient d'assaut ses défenses, il ne pouvait nier qu'il trouvait étrange et séduisante la perspective de *se détendre* avec elle… Il n'avait pas réussi à l'attirer dans son lit, mais s'il pouvait l'amener à baisser sa garde et à se relâcher, il pourrait au moins récupérer un peu de fierté.

— Va pour le désert de sel !

Assise à côté de Max sur le sofa de la terrasse qui jouxtait leur bungalow rond au toit en forme de dôme, Alex regardait le soleil plonger sous l'horizon. Venir ici avait été la meilleure idée qu'elle ait eue depuis longtemps. Leur dîner avait ressemblé à un festin : soupe de yucca, paiche grillé servi avec un délicat risotto et, pour finir, une exquise mousse au chocolat noir et à l'eucalyptus.

Cette pause lui faisait le plus grand bien. C'était merveilleux d'oublier le travail pendant un moment, de mettre de côté ses soucis et de se perdre dans la contemplation du monde.

Pour parvenir dans ce havre de paix et de calme, ils avaient roulé deux heures durant sur une large route déserte qui traversait de grandes étendues de paysages rocheux désolés, des champs de cactus, des plaines parsemées de geysers bouillonnants et de villages abandonnés aux maisons faites en briques de sel. Les montagnes déchiquetées dressées majestueusement au loin l'avaient impressionnée tout au long du trajet. Dans toutes les directions, à perte de vue, le sel blanc étincelait au soleil. La lumière était éblouissante. Ils avaient croisé des flamants roses attroupés dans des lagunes rubis et des vigognes sauvages, sous un ciel sans nuages, dans un air d'une pureté sauvage. Sans doute l'un des endroits les plus isolés et les plus beaux de la planète, avait-elle songé.

Comme convenu, Max et elle n'avaient parlé ni de l'enquête ni de quoi que ce soit de personnel pendant le voyage et le dîner. La conversation avait roulé sur une grande variété de sujets neutres – voyages, nourriture, livres. Rien de très excitant, et pourtant elle n'était pas rassasiée. Elle voulait tout savoir sur lui, sans se donner la peine d'essayer de se persuader que son intérêt était professionnel. Il ne l'était pas. Elle avait entraperçu une personnalité plus complexe qu'elle ne l'avait cru lors de leur dîner à La Copa Alegre, et cette richesse à explorer l'attirait bigrement.

Mais à présent, tandis que le feu crépitait dans le petit brasero posé devant eux, la conversation s'était arrêtée. Comme elle, Max semblait perdu dans ses pensées. Elle se demandait si lui aussi avait été frappé par les magnifiques traînées de rouge et d'or qui avaient traversé l'horizon au moment où le soleil se couchait. Ou si, comme elle, il était troublé par la proximité de leurs corps…

Car l'atmosphère des lieux était incroyablement romantique, pour ne pas dire érotique… D'ailleurs, si elle avait su que ce lodge était un paradis pour les couples en lune de miel, et que la demi-douzaine de bungalows ressemblaient à de véritables petits nids d'amour équipés de lits *king size*, elle n'aurait jamais proposé de passer la nuit ici. L'ambiance intimiste et chaleureuse la ramenait sans cesse depuis leur arrivée à l'excitation de leur baiser, au fait qu'elle en voulait désespérément plus.

Max semblait imperméable à ces ondes sensuelles. Il n'avait pas sourcillé lorsque la réceptionniste leur avait annoncé qu'il n'y avait plus qu'un seul bungalow disponible. Elle avait alors proposé de rebrousser chemin, mais il avait rejeté sa suggestion et affirmé qu'il dormirait par terre, comme si cela ne le dérangeait pas le moins du monde qu'ils aient à partager une chambre. Il évitait tout contact physique, maintenait entre eux une distance polie et n'affichait que des sourires totalement impersonnels. Elle l'enviait et lui en voulait tout à la fois d'être capable de faire ainsi abstraction de leur attirance réciproque. Comment faisait-il ? Et que faudrait-il faire pour retrouver cette connexion ?

Paradoxalement, plus il répondait à son exigence de maintenir des relations strictement professionnelles, plus Alex souhaitait qu'il passe outre. Elle aurait aimé qu'il déploie son côté rebelle et qu'il enfreigne chacune de ses règles.

Pourquoi ? Cela n'a aucun sens !

L'immense voûte d'étoiles s'étendait au-dessus d'eux comme une gigantesque couverture scintillante. Son cœur se mit à battre un peu plus fort. Tout semblait plus vaste ici, l'univers semblait plus grand. Infini. Elle se sentait toute petite. Et toute seule. Au moins, Max avait ses frères, maintenant. Elle n'avait personne. Personne à son côté, personne vers qui se tourner pour avoir du soutien.

Elle était seule depuis si longtemps, alors juste pour une nuit, elle ne voulait plus l'être. Elle était tellement fatiguée de contenir ce qu'elle ressentait pour Max ! Lutter en permanence contre son attirance alors qu'elle était consciente de chacun de ses mouvements, de chacune de ses respirations, de son odeur, de sa chaleur, de son regard sur elle, lui demandait plus d'efforts qu'elle n'aurait pu l'imaginer. Elle était à bout.

Alors, pourquoi ne pas coucher avec lui ? Pourquoi ne pourraient-ils pas avoir l'aventure qu'il lui avait proposée et qu'elle avait refusée ? Cela n'avait pas besoin d'être compliqué : un moment de pure détente et, elle l'espérait, une bonne dose d'un plaisir exceptionnel. Et peut-être même y gagnerait-elle, en guise de bonus, une embellie de son amour-propre si Max chérissait et honorait son corps autant que son ex-mari l'avait négligé et critiqué.

Et tes règles ? lui chuchota la voix de la raison.

Elles ne semblaient plus à Alex aussi importantes qu'avant. Comme Max ne cessait de le lui rappeler, il n'était pas un client. Aucun d'eux ne cherchait une relation à long terme et, comme il l'avait souligné, personne n'avait besoin de savoir qu'ils avaient couché ensemble.

Alex se dit qu'elle pourrait gérer un peu de chaos dans sa

vie. Elle avait passé des années à se construire une armure, elle était suffisamment forte, aujourd'hui. Il n'y aurait ni chagrin d'amour ni regrets. Juste une aventure torride avec l'homme le plus sexy du monde – pourquoi s'en priver ?

Alors qu'allait-elle faire ? Était-elle assez courageuse pour découvrir si, malgré les signes décourageants, Max la désirait toujours ? Était-elle prête à faire face à la perspective d'avoir tué l'attirance qu'il avait il y a peu de temps pour elle ? Si c'était le cas, pourrait-elle réussir à la raviver ?

Quelle que soit l'issue, elle devait essayer, pensa-t-elle, son cœur battant la chamade alors que le désir et l'envie pulsaient dans ses veines. Elle devait savoir. Parce qu'elle ne pouvait pas continuer comme ça. Elle ne voulait pas se demander éternellement ce qui aurait pu se passer. Et, surtout, malgré ce qu'il pouvait penser d'elle, elle n'était pas une trouillarde.

— Regarde, une étoile filante ! dit Alex en désignant le ciel, la voix teintée d'étonnement.

Max grogna. Il ne se sentait pas capable de parler. S'il ouvrait la bouche, il y avait de fortes chances que ce soit pour la supplier de coucher avec lui, car il avait de plus en plus de mal à respecter le souhait d'Alex. Avec le recul, il n'aurait jamais dû accepter de faire ce break ridicule. Était-il devenu complètement fou ?

L'après-midi avait bien commencé. Il n'était jamais allé en Bolivie. Le paysage était stupéfiant et fascinant. Alex était une compagne de voyage amusante et intéressante. Il avait réussi à mettre leur mission de côté et avait senti ses tourments s'apaiser en se concentrant sur l'extraordinaire beauté de la nature.

Les choses avaient commencé à se gâter pour lui lorsqu'ils étaient arrivés au lodge et qu'ils avaient appris qu'un seul bungalow était disponible. Il était trop tard pour faire demi-tour, avait-il réalisé. Il n'avait aucune envie de rouler de nuit dans l'autre sens.

Il avait brièvement songé à dormir dans la voiture, mais la température nocturne tombait en dessous de zéro, dans cette région. Il avait alors proposé de dormir par terre, ce qu'Alex avait accepté.

Mais en entrant dans le charmant bungalow à la décoration luxueuse, il s'était rendu compte que, si le lit était très grand, l'espace disponible au sol était fort réduit… Alors il avait compris qu'il allait passer une nuit en enfer.

— Une autre étoile filante ! s'exclama Alex. Tu es censé faire un vœu.

Un vœu ? La bonne blague ! Le seul vœu auquel il pensait en cet instant n'avait aucune chance d'être exaucé.

Il jeta un coup d'œil sur sa gauche. Alex était recroquevillée de l'autre côté du canapé, aussi loin de lui qu'elle pouvait l'être, accrochée à l'accoudoir comme s'il s'agissait d'une bouée de sauvetage. Comme si elle ne lui faisait pas confiance…

— Je ne mords pas, murmura-t-il en reportant son attention sur la voûte étoilée.

— Dommage.

Il fronça les sourcils. Que voulait-elle dire par là ? Il tourna de nouveau la tête. Alex le regardait à présent d'une manière qui envoya de l'électricité dans ses terminaisons nerveuses. Gourmande. Pleine d'espoir. Que se passait-il, soudain ?

Il était sur le point de le lui demander lorsqu'elle se leva, retira le bandeau qui retenait sa chevelure en arrière et, à son grand étonnement, la libéra en légères secousses. Ses cheveux tombaient à présent en belles vagues douces et brunes autour de ses épaules, encadrant son si séduisant visage. Bon sang ! C'était aussi excitant qu'il l'avait imaginé.

— Magnifique, murmura-t-il presque malgré lui.
— Merci.
— Tout en toi est magnifique.
— Tu le penses vraiment ?

Comment pouvait-elle en douter ? Son sourire, ses yeux, sa silhouette : il aimait tout d'elle. Il aimait aussi leurs conversations, leurs différences et leurs similitudes, le soutien qu'elle lui offrait, mais il se refusait à emprunter cette voie. Tout ce qui comptait pour lui quand il s'agissait des femmes, c'était le physique.

— Oui, je le pense vraiment.

Elle prit une grande inspiration et se pencha en avant vers lui, l'étourdissant de son parfum.

— Tu es l'homme le plus séduisant que j'aie jamais rencontré. Et le plus dangereux.

Elle avait dit cela très vite, comme si elle craignait de ne pas avoir le cran d'aller au bout de sa déclaration. Max était déconcerté au plus haut point. Son cœur fit une embardée.

— Pourquoi dangereux ?
— Tu me donnes envie de briser mes règles.

Max leva les yeux au ciel. À quoi jouait-elle ? Elle avait des règles, envie de les transgresser, mais elle était incapable de le faire, pourquoi le lui rappeler ?

— Restons-en là, tu veux, répliqua-t-il d'un ton bourru. Toi dans le lit. Moi par terre.
— C'est vraiment ce que tu souhaites ?
— Pas du tout.

Sa réponse l'étonna lui-même. Avait-elle glissé un sérum de vérité dans son verre ? De toute façon, cela n'avait plus d'importance. Il en avait assez. Il était fatigué.

— Moi non plus.

Il se figea. Avait-il bien compris ?…

— Qu'est-ce que tu dis ?
— Je nous veux dans le lit ensemble.

— Tu sais comment ça va finir ? demanda-t-il lentement, encore incrédule.

— Je sais comment j'aimerais que cela finisse, affirma-t-elle, le regard brillant. Je te veux, Max. Tellement que j'en deviens folle. Et j'en ai assez d'essayer de me convaincre du contraire.

Estomaqué, Max se força à garder la tête froide en dépit de l'excitation qui le parcourait en lents et chauds frissons. Il ne supporterait pas de se faire de nouveau repousser. Il devait être certain qu'il ne se méprenait pas sur les intentions d'Alex.

— Et tes sacro-saintes règles ?

— Je leur ai donné des vacances.

— Prouve-le.

10.

Max avait ouvert la porte qu'Alex craignait de voir définitivement fermée, effaçant ses doutes. Elle la franchit sans hésiter. En un éclair, elle se jucha à califourchon sur ses genoux, enroula les bras autour de son cou et écrasa la bouche contre la sienne.

Aussitôt, il l'embrassa en retour, les mains sur ses hanches pour la maintenir contre lui. Leurs langues s'entremêlèrent, et, quand il lui plaqua le bassin contre la longueur dure de son érection, Alex gémit.

Cela sembla réveiller l'homme des cavernes qui sommeillait en lui, car il essaya de prendre le contrôle du baiser. Utilisant sa position en surplomb de lui, elle ne se laissa pas faire : c'était elle qui commandait en cet instant. Elle avait quelque chose à prouver, et elle n'allait pas s'arrêter avant d'y être parvenue. Il avait un goût de chocolat et de whisky. Se presser contre son grand corps viril enflammait tout son être, et son parfum lui donnait le vertige.

Lorsque Alex rompit le baiser, elle eut la satisfaction de voir que le regard de Max était trouble.

— Est-ce une preuve suffisante pour toi ? susurra-t-elle contre ses lèvres.

— Tu es sûre de toi ? murmura-t-il, d'une voix grave et rocailleuse qui la fit frissonner.

— Je n'ai jamais été aussi sûre de quoi que ce soit.

— Tu ne vas pas me dire que c'est une erreur ou un conflit d'intérêts ?

— Non. Bon, c'est probablement les deux, mais je m'en fiche.

— Bien.

Max se leva en la maintenant serrée contre lui. Elle enroula les jambes autour de sa taille et resserra les bras autour de son cou. Il la porta à l'intérieur et ferma la porte d'un coup de pied. Puis il tomba avec elle sur le lit avant de la faire rouler sur le dos et de la plaquer au matelas de tout son poids. Lorsqu'il approcha ses lèvres des siennes, Alex n'était plus qu'une masse de désir en fusion.

— Je te veux depuis le moment où nous nous sommes rencontrés, chuchota-t-il.

— Vraiment ?

— Tu ne peux pas imaginer l'enfer que j'ai vécu.

Il se redressa et dénuda le haut de son corps.

— J'en ai une petite idée… Je crois que nous avons traversé la même épreuve.

Après avoir jeté sa chemise au sol, il s'attaqua aux vêtements d'Alex.

— Ta volonté a été impressionnante, alors.

Il défit son soutien-gorge avec dextérité. Il s'immobilisa et la contempla d'un œil si brûlant qu'elle avait l'impression de fondre. Lorsqu'il passa la langue sur son téton droit, Alex ne put se retenir de gémir. Il alterna avec son autre sein, provoquant en elle des sensations si fortes qu'elle pouvait à peine respirer. Elle enfonça les doigts dans ses cheveux pour le garder là à jamais.

Mais Max avait visiblement une autre idée en tête : il fit glisser sa bouche le long de son ventre, faisant naître sur son passage des milliers de décharges électriques. Lorsqu'il atteignit la ceinture de son pantalon, Alex souleva instinctivement les hanches. D'un geste sûr, Max acheva de la dénuder puis plongea la tête entre ses jambes.

Oh ! Seigneur...

C'était exquis. La tension devint vite insupportable, le plaisir si intense qu'elle avait l'impression de parcourir de plus en plus rapidement des montagnes russes toujours plus hautes. Le vertige se fit explosif lorsque Max glissa deux doigts en elle. Alex haletait, se cambrait. Les caresses de son amant étaient diaboliques. Du grand art. Tout à coup, elle quitta les rails des montagnes russes et s'envola vers le septième ciel, où elle se brisa en millions de petits morceaux scintillants, vague d'extase après vague d'extase.

— Je me doutais que tu saurais t'y prendre, soupira-t-elle, alanguie, après être retombée sur terre.

— Alex, on vient à peine de commencer...

Il se leva pour prendre quelque chose dans son portefeuille, enleva son jean et son boxer, et, après en avoir déchiré l'emballage il déroula un préservatif sur sa formidable érection. Elle se mit à trembler de tout son corps, impatiente.

Max se positionna au-dessus d'elle. Alex était prête à le recevoir, toutefois il prit le temps de la pénétrer doucement, afin qu'elle s'habitue à sa taille. Jamais elle n'avait rien ressenti de plus puissant, une telle plénitude.

Quand il commença à bouger en elle, le monde se réduisit à leurs deux corps qui fusionnaient en rythme, comme s'ils se connaissaient de toute éternité. Elle se laissa guider par son instinct et abandonna toute forme de contrôle sur sa bouche, ses mains, ses hanches. C'était une danse, un ballet magique et enivrant.

— Ne te retiens pas, souffla-t-elle lorsqu'elle sentit l'orgasme enfler en elle, démesuré.

Max accéléra son va-et-vient, presque sauvage, tout comme leurs baisers fiévreux. Soudain, elle fut emportée par une lame de fond et poussa un long cri rauque. Max la rejoignit aussitôt en gémissant. Elle le sentit pulser en elle, puis il s'effondra en tremblant.

Pendant de longs instants, ils restèrent allongés, emmêlés, haletants. Puis Max se retira et roula sur le côté.

— J'ai vu des étoiles…, murmura-t-elle.

— Nous sommes au bon endroit pour ça, on dirait, rétorqua-t-il.

— Merci pour mon ego, en tout cas.

— Ton ego ?

— Oui. Quand quelqu'un vous trompe à plusieurs reprises, vous vous retrouvez… à douter de vos attraits.

Il fronça les sourcils.

— Tu en as beaucoup, affirma-t-il en passant lentement la main sur elle, la faisant frissonner. Mais si tu n'es toujours pas convaincue, je serais plus qu'heureux de te le prouver de nouveau.

— Tu sais quoi ? répliqua-t-elle, mutine. Je ne suis pas sûre d'être convaincue…

À deux heures du matin, Max observait les milliards d'étoiles à travers le dôme du bungalow, fait de triangles de verre. Alex dormait profondément.

Elle s'était montrée insatiable et ils avaient déjà utilisé la moitié de la boîte de préservatifs trouvée dans le tiroir de la table de nuit – le lodge savait répondre aux besoins de ses clients, avaient-ils conclu en la découvrant. Il n'avait jamais connu une telle frénésie sexuelle, et ne ressentait plus aucune tension ni frustration.

Quelle que soit la raison de sa volte-face, il ne pouvait pas être plus satisfait de la façon dont les choses avaient tourné. Cela avait pris plus de temps qu'il ne l'avait prévu, mais il était parvenu à ses fins. L'alchimie avait triomphé.

Cependant, il devait accorder à Alex le mérite d'avoir

insisté pour qu'ils vivent cette parenthèse dans leur mission. S'écarter de la réalité quand elle commençait à se faire trop oppressante était une bonne option. Il pouvait respirer, ici. Une partie de son chaos intérieur s'était calmée. Obtenir les réponses dont il avait besoin était toujours une priorité, mais il n'était pas tout à fait prêt à ce qu'éclate la petite bulle dans laquelle Alex et lui se trouvaient.

Elle avait suggéré qu'ils retournent à La Posada aujourd'hui même pour mettre son plan en pratique. Pourquoi se presser ? songea-t-il. Il y avait beaucoup plus à voir et à faire ici, et pas seulement à l'intérieur de leur cocon. Quel mal y aurait-il à rester un jour ou deux de plus ?

Ce n'était pas comme si l'enquête avançait rapidement et nécessitait leur attention immédiate, et ce n'était pas comme s'il était incapable de gérer une relation faite de sexe intense et de conversations légères. Il l'avait expérimenté maintes fois avec succès ; jamais avec une femme telle qu'Alex, certes, et jamais avec cette osmose des corps, mais cela n'en demeurait pas moins une parenthèse sexuelle, rien de plus.

Alex se tourna dans son sommeil et se blottit contre lui. À sa grande surprise, cela ne le dérangeait pas. Rester un peu plus longtemps lui ferait du bien à elle aussi. De son propre aveu, elle n'avait pas pris de vacances depuis des années. Et il devait s'avouer qu'il aimait bien la version détendue d'Alex, garde baissée et inhibitions remisées au placard. Il l'aimait même beaucoup…

Avec un large sourire satisfait, Alex s'étala sur le lit et reluqua Max, qui se tenait devant la machine à café seulement vêtu d'une chemise ouverte et d'un boxer en soie, les cheveux humides de la douche.

La nuit précédente et le matin avaient été incroyables, encore plus délicieux que ses rêves les plus fous – et Dieu sait qu'elle en avait eu quelques-uns. Les choses qu'il lui avait faites… Et celles qu'elle lui avait faites… Sa confiance malmenée par son minable ex-mari était revenue en force et son estime de soi était plus élevée qu'elle ne l'avait été depuis des années. Max l'avait fait se sentir comme une déesse.

Outrepasser ses propres règles avait constitué un risque, mais il avait été payant. À tel point qu'elle se demandait si elle ne devait pas être un peu plus courageuse aussi dans d'autres domaines. Elle devrait peut-être parler enfin à sa famille, leur dire exactement ce qu'elle ressentait à propos de la façon dont elle avait été élevée, à quel point cela lui avait été préjudiciable. Cela ne changerait rien au fait que le gouffre qui les séparait était plus large et plus profond que le Grand Canyon (et tout aussi infranchissable), mais au moins, elle pourrait tourner la page ; l'emprise du passé sur elle se relâcherait.

Elle savait désormais qu'elle pouvait réussir. Comme Max le lui avait fait remarquer la veille, elle était toujours en activité après cinq ans, ce qui n'était pas une mince affaire quand la plupart des nouvelles entreprises échouaient dans les douze premiers mois.

Si ce détour en Bolivie marquait la fin de l'enquête, ce qui était possible, car aucune piste ne s'était réchauffée, serait-ce vraiment une catastrophe ? Non. Ses envies d'expansion attendraient un peu, mais il n'y avait pas urgence. C'était même un peu pathétique d'essayer encore des années après de prouver quelque chose à des gens qui s'en moquaient. Quant à l'enquête sur les triplés, elle avait vraiment fait tout ce qu'elle avait pu. Elle souhaitait vivement que Max obtienne les réponses qu'il cherchait pour sa propre tranquillité d'esprit, mais les trois frères s'étaient retrouvés après trente ans de séparation et avaient l'intention de forger une relation à l'avenir. C'était déjà énorme.

Ne serait-il pas mieux pour tout le monde de tourner la

page et de passer à autre chose ? Obtenir des réponses ne résolvait pas toujours les problèmes. Au contraire, elles généraient parfois encore plus de soucis. Même s'ils parvenaient par miracle à faire une percée dans l'enquête, il se pourrait que la vérité soit déchirante. Finn, Rico et Max n'avaient-ils pas assez souffert ?

Max lui tendit une tasse de café. Elle fixa son torse nu de dieu grec. Une douce chaleur l'envahit.

— Je crois que tu penses à la même chose que moi, déclara-t-il avec un irrésistible sourire en coin.

Alex fut tentée de se pencher et de l'embrasser, prélude à une nouvelle heure de plaisir exceptionnel, mais leur départ était imminent. Elle n'y songeait pas sans une pointe de regret car, même s'ils continuaient à dormir ensemble à La Posada, il y avait quelque chose de magique dans cet endroit.

— Malheureusement, non. J'étais en train de me dire que nous devrions nous préparer à rentrer.

— Je ne suis pas d'accord. Je pense que nous ne nous sommes pas assez régénérés.

Le cœur d'Alex commença à battre la chamade.

— Que suggères-tu ?

— De rester quelques nuits de plus.

Sa volonté n'était pas à la hauteur de l'excitation qui commençait à la parcourir. Si elle avait été plus forte, elle aurait insisté pour partir maintenant, comme prévu. Mais être ici, juste tous les deux, sans soucis, était enivrant. Il y avait quelque chose dans la pureté de l'air et l'immensité du paysage qui rendait tout le reste insignifiant. Max s'était détendu depuis la veille, et elle avait envie de continuer à découvrir l'homme qu'il était derrière les apparences. Et puis, après huit mois d'enquête, qu'est-ce que changeraient quelques jours de plus ?

— Je pourrais supporter l'épreuve, répondit-elle en souriant.

— Et ensuite, nous retournerons à La Posada. Où nous poursuivrons l'enquête… et cette aventure, conclut-il en les désignant tous les deux du doigt.

— Jusqu'à ce que soit nous trouvions les indices que nous cherchons, soit nous décidions d'en rester là, compléta Alex.

L'expression de Max se fit sérieuse et son sourire s'effaça.

— Exactement. Je ne fais pas dans le long terme, Alex. Je ne veux pas d'une relation.

Elle hocha la tête. Elle était entièrement sur la même longueur d'onde. Aucun risque qu'elle se laisse emporter par l'ambiance romantique des lieux.

— Moi non plus.

— Pourquoi ?

— Oh ! je crois que tu le sais, dit-elle d'un ton léger. Un certain nombre de problèmes de confiance à cause d'un ex infidèle. Je ne veux pas revivre le chaos d'une rupture. Et toi ?

Il s'assombrit.

— J'ai été témoin des retombées d'un mariage qui se désintègre, rien ne me persuadera jamais de m'y laisser prendre. Je préfère moi aussi une vie sans chaos.

— As-tu déjà eu une vraie relation ?

— Non. Une nuit, une semaine, ça me convient.

— Moi aussi.

À la vérité, elle pouvait compter sur quelques doigts d'une main le nombre de rendez-vous qui avaient fini dans la chambre à coucher depuis son divorce…

— Tu ne crois pas à l'amour ?

— Ce n'est pas que je n'y crois pas. D'un point de vue théorique, je peux comprendre que le véritable amour existe, mais je ne l'ai pas connu.

— Moi non plus.

— Heureusement, il ne s'agit que de sexe entre nous.

Le regard de Max se fit gourmand. Il posa sa tasse de café sur la table de nuit, puis lui prit la sienne des mains et la posa à côté de l'autre. Ses intentions étaient claires. Le désir fit frissonner Alex.

— Je ne pourrais pas être plus d'accord, affirma-t-il en se jetant sur le lit.

Depuis la veille et leur décision de rester au lodge, Max avait emmené Alex faire un vol en montgolfière, pique-niquer sur une mer de sel d'un blanc chatoyant et ils s'étaient baignés nus dans des sources d'eau chaude. Une fois de plus, la journée avait été chaude et ensoleillée, la nuit froide, claire et étoilée. Et, une fois encore, dès que la porte du bungalow s'était refermée derrière eux après le dîner, les vêtements avaient été ôtés avec fièvre, les mains avaient rencontré les peaux et la température avait atteint le point d'ébullition.

Contrairement à la veille, cependant, les conversations n'avaient pas roulé sur des sujets d'ordre général. Ils avaient échangé sur leurs éducations respectives, il s'était surpris à lui expliquer pourquoi le besoin de retrouver sa famille biologique brûlait tellement plus intensément en lui que chez ses frères, et à quel point il avait besoin de savoir qu'il avait été désiré par quelqu'un. Alex lui avait confié à quel point elle détestait la femme peu sûre d'elle et en manque d'affection qu'elle était devenue après avoir découvert que son mari la trompait, ce qui lui avait donné envie d'étrangler cet homme.

Ce qu'il découvrait de la femme cachée derrière sa façade sérieuse et ascétique le fascinait. Jamais il ne se serait cru capable de faire à peu près n'importe quoi pour voir fleurir l'un de ses sourires si aveuglants, qu'il s'agisse simplement d'allumer un feu dans le brasero, de la porter pour monter dans la montgolfière ou de privatiser les sources chaudes pour quelques heures.

Elle était comme une drogue qui coulait dans ses veines et le faisait se sentir invincible. Une part de lui adorait l'euphorie qu'elle provoquait, mais une autre part était troublée par le sentiment croissant que les choses prenaient une direction dangereuse. La connexion entre eux n'était plus purement physique. Des sentiments se développaient, il pouvait le dire, et son subconscient partageait ce malaise, car il venait d'être réveillé brusquement au milieu de la nuit par le rêve le plus érotique et le plus troublant de sa vie.

Il était assis dans son bureau chez lui, fixant ses écrans et essayant de comprendre comment réparer un morceau de code informatique quand Alex était entrée, vêtue seulement d'une grande chemise à moitié ouverte. Elle s'était placée entre lui et son bureau, puis avait entrepris de lui faire perdre la tête sans qu'il ait besoin de quitter sa chaise. À un moment, alors qu'elle tremblait de plaisir dans ses bras, elle l'avait serré fort et lui avait murmuré qu'elle était là, que tout allait bien se passer. Alors, un étrange frisson avait parcouru la pièce, glaçant le sang dans ses veines et lui donnant des sueurs froides. Plus elle lui chuchotait des mots rassurants à l'oreille, plus il avait envie de se lever et de courir. Mais il ne pouvait pas, car elle était assise sur ses genoux, le clouant à la chaise, et les bras qu'il avait enroulés autour d'elle refusaient de lui obéir et de la repousser.

Étreint par une angoisse étouffante, Max s'était levé en catimini et était sorti. Assis sur la terrasse, il contemplait à présent le plus beau lever de soleil de sa vie. Et pourtant, un sourd malaise continuait de se diffuser en lui, sans qu'il sache comment le combattre. Il avait l'impression effrayante qu'il pouvait dérailler à tout moment.

— Qu'est-ce que tu fais là ?

Au son de la voix ensommeillée d'Alex derrière lui, son anxiété monta d'un cran.

— Je regarde l'aube.

— Tu vas bien ?

— Super.

— Tu as l'air un peu tendu.

— J'ai reçu un texto de Rico, expliqua-t-il en levant la main qui tenait son téléphone. C'est notre anniversaire le mois prochain. Il veut savoir si je suis d'accord pour fêter ça avec un dîner.

— Et tu l'es ?

Il ne manquerait cela pour rien au monde !

— Je suppose. Je n'ai pas fêté mon anniversaire depuis des années.

Elle vint s'asseoir à côté de lui, emmitouflée dans la couette, ce qui lui donna à la fois envie de se rapprocher d'elle et de se lever d'un bond.

— Pourquoi ?

— Quand j'étais enfant, ma mère choisissait mes amis, ce que je portais, ce que je mangeais. Le jour de mon anniversaire ne faisait pas exception.

— Mes anniversaires n'étaient pas très amusants non plus. Personne ne s'en souvenait jamais, à la maison. Au moins, tu avais des cadeaux, toi.

— Seulement parce qu'ils pouvaient être transformés en armes. Elle me les confisquait en guise de punition dès qu'elle jugeait que j'avais fauté.

— Quelle garce !

— Je ne te le fais pas dire.

— Tu as tellement de chance d'avoir trouvé tes frères, ajouta-t-elle, avec une touche de mélancolie qui serra la gorge de Max. Tu as désormais une famille qui se soucie de toi. Qui te comprend. Tu as une connexion instantanée avec des gens que tu as rencontrés il y a une semaine. Je connais ma famille depuis trente-trois ans et je n'ai de lien affectif avec aucun de ses membres. D'ailleurs, je n'en ai avec personne.

Tu en as un avec moi, faillit-il répliquer, avant de chasser cette pensée parasite. Cela ne pouvait pas être le cas. Le seul lien qu'ils partageaient était physique. Tout ce qu'il y avait entre eux était d'ordre sexuel. Il n'était pas un homme pour elle, même si elle l'avait voulu. Il n'était fait pour personne.

Mais il n'aimait pas que sa poitrine se serre à l'idée qu'elle était seule au monde, et il appréciait encore moins la jalousie qui le traversait à la perspective qu'elle soit avec quelqu'un d'autre.

Le rêve, encore frais dans son esprit, le troublait. Il ne parvenait pas à comprendre ce qui se tramait à son insu dans les profondeurs de son âme, et il n'en avait pas envie. Heureusement, un tintement le tira de ses pensées. Alex venait de recevoir un message, comprit-il en la voyant pianoter fébrilement sur l'écran tactile de son portable. Puis il lui sembla qu'elle lisait un texte. Ses yeux s'écarquillèrent. Elle paraissait stupéfaite.

— Oh ! mon Dieu !

— Quoi ?

Elle leva les yeux de son téléphone et croisa son regard.

— Tu te souviens que je t'ai dit que Finn avait envoyé son ADN pour analyse ?

Max eut l'impression qu'une poigne géante le broyait comme un insecte. Il réussit à hocher affirmativement la tête, le souffle court.

— Il y a une correspondance, annonça Alex en haletant.

11.

Tandis que la déclaration d'Alex le frappait de plein fouet, le temps sembla s'arrêter. Le cerveau de Max se vida de tout, à l'exception de cette énorme révélation. Il fut pris dans un tourbillon vertigineux, et les questions commencèrent à tournoyer autour de lui.

Les faits. Concentre-toi sur les faits, Max !

Le tournis s'atténua, mais lorsqu'il parla, sa voix lui sembla venir de très, très loin :

— Qui est-ce ?

— Je ne sais pas, dit-elle, l'air aussi abasourdie que lui. Une femme. Une certaine Valentina Lopez. Le message est en espagnol.

Elle lui tendit le téléphone. Max le fixa pendant un moment, comme si l'appareil était sur le point de le mordre. Valentina Lopez ? Ce nom n'était pas apparu dans les recherches d'Alex. Qui pouvait-elle être ? Il hésitait à se saisir du téléphone. Il se rendait compte qu'il y avait une étrange sécurité dans l'incertitude. Une fois qu'il aurait lu le message, il ne pourrait plus revenir en arrière. Il pourrait être sur le point de découvrir tout ce dont il avait besoin pour donner un sens à sa vie, ou il pourrait ouvrir une nouvelle boîte de Pandore.

Mais il se ressaisit. Il devait poursuivre l'enquête. Pour ses frères et, plus important, pour lui-même. C'était précisément la raison pour laquelle il avait quitté les Caraïbes pour rejoindre Londres quelques heures après avoir vu l'interview de Finn et Rico, la raison pour laquelle il avait emprunté le jet de Rico et accepté de travailler avec Alex.

Il lui prit le téléphone des mains.

— Il semblerait que nous ayons une cousine germaine, dit-il après avoir lu le message. Elle a vingt-cinq ans. Elle est assistante marketing et vit à Salta.

— Seigneur…, souffla Alex. C'est à cinq cents kilomètres au sud de La Posada. Est-ce qu'elle dit autre chose ?

— Elle aimerait nous rencontrer.

— Tu penses qu'elle pourrait savoir quelque chose ?

— Aucune idée.

— On fait quoi ?

Max l'ignorait. Le fait qu'il ait d'autres parents que ses frères le sidérait. Ses parents adoptifs étaient tous deux enfants uniques, leurs parents étaient morts depuis longtemps, il n'avait donc jamais eu de famille. Mais s'il avait une cousine ici, il avait au moins une tante et un oncle. Ses parents biologiques ? Ses grands-parents ? Plus de frères et sœurs ? Une famille inattendue, avec des relations, des histoires et tout ce que cela impliquait… c'était étourdissant ! Et cela laissait présager le retour du chaos intérieur.

Alex le regardait avec un mélange de circonspection, d'espoir et d'excitation. Sa présence lui brouillait les idées. Lui faisait perdre le fil de ses pensées. De son existence.

Qu'avait-il eu besoin de se confier à elle, de lui faire part de ses doutes, de ses peurs, de ses colères rentrées ? Qu'avait-il eu besoin de se plier en quatre pour lui plaire, pour qu'elle ait une meilleure opinion de lui ? Il s'était juré de ne plus jamais se modeler pour devenir ce que quelqu'un d'autre voulait qu'il soit, mais c'était exactement ce qu'il avait fait, bon sang ! Il n'avait pas seulement désactivé son bouclier protecteur, il l'avait supprimé. De lui-même. Alex n'avait pas percé son armure, il s'en était dépouillé tout seul. Et il avait l'impression de se tenir au bord d'un précipice, sur le point de s'y jeter. Il commençait à éprouver des choses qu'il ne voulait pas, ne pouvait pas et ne méritait pas de ressentir.

Il n'aurait jamais dû laisser cela se produire, se dit-il, paniqué. L'orgueil avait été son ennemi, une fois de plus ; dans son arrogance, il avait supposé qu'il contrôlait cette aventure avec Alex. Or il avait été faible et stupide. Il s'était trop impliqué, il était allé trop loin sur le terrain de l'intimité alors que leur liaison était censée être purement physique. Mais il n'était pas trop tard pour y mettre un terme. Pour respirer un peu, prendre du recul et se retrouver.

En colère contre lui-même, il tapa rapidement une réponse à Valentina Lopez et l'envoya. Il allait rejoindre Salta tout seul. Il était plus que capable de gérer ce qu'il trouverait là-bas. Et si cette rencontre avec sa cousine devait mettre en lumière ses fragilités, il préférait qu'Alex ne soit pas là. Elle en savait déjà beaucoup trop sur lui. C'était une question de survie.

— Max ? reprit-elle d'une voix douce. On fait quoi ?

Il dressa de nouveau entre le monde et lui un bouclier protecteur derrière lequel rien ni personne ne pouvait l'atteindre, comme il le faisait, enfant, lorsque sa mère était particulièrement cruelle.

— Eh bien, je ne sais pas pour toi, mais moi je pars pour Salta dès que possible.

Quoi ?!

Pétrifiée, perdue, incapable de réagir ou de bouger, Alex vit Max se lever d'un bond et retourner dans le bungalow. Pendant une minute, elle avait espéré qu'il l'invite au dîner d'anniversaire des triplés – ce qui était absurde puisqu'ils n'étaient pas *ensemble* –, puis elle avait reçu un texto de Becky avec l'instruction de vérifier ses messages et avait appris la correspondance ADN. Et maintenant, comme si elle n'avait pas été assez secouée émotionnellement, voilà que Max décidait de jouer en solo ?!

Pas question !

Quelles que soient les motivations de sa volte-face, ils n'en étaient plus au stade où l'un des deux pouvait prendre une décision unilatérale. La seule explication possible était qu'il se trouvait en état de choc. Par conséquent, il avait plus que jamais besoin d'elle.

Déterminée, Alex le rejoignit à l'intérieur. Elle le trouva en train de ranger frénétiquement ses affaires dans son sac.

— Max, attends !

— Quoi ? jeta-t-il par-dessus son épaule, sans même la regarder.

— Tu voulais dire que *nous* partons pour Salta, n'est-ce pas ?

Il semblait complètement ailleurs. Inquiétude et empathie saisirent Alex à la gorge.

— Non, je voulais dire « je ».

Il avait l'air résolu. La tension qui émanait de lui faisait à Alex l'effet d'une sorte de champ de force conçu pour la tenir à l'écart. Elle réalisa qu'il n'allait pas céder sur ce point, qu'il n'allait pas lui parler de ce qu'il ressentait. Une atroce douleur la transperça.

— Tu… tu veux m'exclure de l'histoire ? bégaya-t-elle, choquée.

— Rien de personnel.

— Ça l'est pour moi, Max, riposta-t-elle, la voix cassée. Cela fait huit mois que j'attends une percée comme celle-ci. J'ai besoin d'en faire partie. C'est *ma* réussite.

— Et c'est *ma* famille. Ça ne sert à rien que tu viennes. Tu ne parles pas espagnol. Tu ne comprendrais rien.

Une autre flèche lui transperça le cœur. Non, elle ne parlait pas espagnol, mais elle pouvait être là en cas de besoin. Les émotions étaient un langage universel. Elle voulait l'aider, et qu'il l'en empêche était plus angoissant que ce qu'elle aurait pu imaginer.

— J'aimerais être là pour toi.

Max posa enfin les yeux sur elle – un regard horriblement vide.

— Je n'ai pas besoin que tu sois là pour moi, Alex. Je ne le *veux* pas. Il ne s'agit pas de nous, là, et tu connaissais les conditions. Tu étais d'accord avec ça.

Certes, mais quand même... *La vache !* C'était comme s'il l'avait frappée dans le ventre de toutes ses forces. Elle ne pouvait plus respirer.

— Nous allons retourner à La Posada, reprit-il. Je te déposerai à l'hôtel, puis je filerai à l'aéroport. Je serai de retour ce soir et je te donnerai tous les détails. Fais ta valise.

Rencognée contre la portière tandis que le puissant 4x4 avalait les kilomètres, Alex mûrissait la décision qui avait commencé à prendre forme dans sa tête dès leur départ du lodge. Puisqu'elle n'était clairement pas désirée, elle n'allait pas rester. Elle n'était pas une poupée que l'on utilisait à sa guise, puis remisait au fond du placard lorsqu'on s'était lassé.

Elle comprenait que Max puisse être tourneboulé par la nouvelle qu'il avait une cousine – donc probablement d'autres parents –, mais comment avait-il pu la rejeter aussi brutalement ? Ne méritait-elle pas mieux que cela ?

Si elle se montrait tout à fait honnête avec elle-même, leur aventure n'avait jamais été purement physique pour elle. Elle avait été fascinée par Max dès leur première rencontre, et pas seulement à cause de son physique ravageur. Et elle avait commencé à penser que c'était peut-être la même chose pour lui. Il s'était ouvert à elle sans qu'elle le lui demande, elle avait senti sa confiance en elle dans chacun de ses gestes, chacune de ses caresses, chacune de ses paroles.

Il fallait croire qu'elle s'était leurrée, et que le sentiment de sécurité qu'elle avait commencé à ressentir à ses côtés était une illusion. Il avait suffi d'une petite tempête pour que Max se mette à l'abri derrière de hautes murailles en l'abandonnant derrière lui. Maintenant, tout s'écroulait autour d'elle comme un château de cartes.

Comment avait-elle pu être aussi stupide ? Aussi naïve ? Qu'est-ce qui lui avait fait croire que son aide compterait pour lui ? Il ne l'avait jamais demandée. Il ne la voulait pas. Et pourquoi l'aurait-il souhaitée alors que personne ne l'avait jamais ni soutenu ni aidé, et qu'il s'était habitué à se débrouiller seul ? Elle avait péché par orgueil.

Tu l'as échappé belle ! songea-t-elle. *C'est une bonne piqûre de rappel.* C'était précisément pour éviter de se retrouver en position de faiblesse et de souffrir qu'elle ne s'impliquait pas et qu'elle s'était fixé des règles. Pour ne pas vivre le genre de tourmente émotionnelle qui pourrait détruire sa détermination et menacer son avenir. Elle devrait être reconnaissante à Max de lui avoir révélé sa vraie nature avant qu'elle ne se renie complètement et ne commence à perdre pied. Avant qu'elle n'essaie de trouver des moyens de prolonger l'enquête, et donc leur relation, en s'imaginant qu'elle pourrait devenir autre chose pour lui qu'une aventure.

Dès que Max l'aurait déposée à La Posada, elle rentrerait chez elle. Son travail ici était terminé. Une fois de retour à Londres, libérée de l'influence de Max et de la cruauté de ses caprices, elle se concentrerait sur le fait que la recommandation qu'elle avait faite à Finn avait porté ses fruits. Professionnellement, ce serait tout bénéfice, et très vite elle ne retiendrait plus que le positif de ces huit mois d'enquête.

Et puis si elle voulait savoir ce que Max allait découvrir à Salta, elle demanderait à Finn. Pas question de se complaire dans le chagrin que lui causait son attitude. Pas question de se laisser aller à imaginer ce qui aurait pu se passer entre eux si…

En fait, à Londres, elle ne penserait pas du tout à lui.

12.

Max rentra à La Posada à minuit, épuisé et secoué par les événements de la journée. Il découvrit alors qu'Alex avait quitté l'hôtel. Elle avait laissé un petit mot à la réception, l'informant qu'elle refermait le dossier de l'enquête et rentrait chez elle. Elle lui souhaitait bonne chance pour l'avenir et avait signé de son nom complet, Alexandra Osborne.

Dans sa chambre, il ouvrit la bouteille de bourbon qu'il s'était procurée au bar et laissa les pensées ricocher sous son crâne.

Durant les trajets aller et retour, il avait eu tout le loisir de réfléchir à ce qui s'était passé entre elle et lui le matin même. Il n'avait pas bien géré la nouvelle de la correspondance ADN, il le savait maintenant. Il pouvait encore voir la douleur sur le visage d'Alex quand il lui avait appris qu'il irait seul à Salta ; il pouvait encore entendre son souffle se couper quand il lui avait dit pourquoi. Qu'il ait été à la fois surpris d'apprendre qu'il avait une cousine et déstabilisé par la tournure que prenait leur liaison n'était pas une excuse.

Il avait prévu de lui demander pardon et de s'expliquer, ainsi que d'avouer qu'il regrettait profondément d'avoir rejeté son aide. Il aurait pu le faire à genoux si cela avait pu l'aider à calmer la tempête qui faisait rage en lui.

Et maintenant, c'est trop tard, se dit-il en avalant une rasade de bourbon.

Il n'y aurait pas de supplications, pas de récit de la

rencontre avec sa cousine, pas de pardon. Il n'y aurait pas de bras autour de lui lorsqu'il avouerait, brisé, que sa mère biologique était morte six ans auparavant et que son père avait été une aventure d'un soir lorsqu'elle avait seize ans. Il n'y aurait pas de conseils apaisants sur la manière de faire face à cette réalité déchirante : il ne saurait jamais s'il ressemblait à l'un de ses parents naturels, ou aux deux, ni qui il était vraiment.

Mais au moins, il n'y avait pas non plus le risque qu'il s'abaisse à supplier Alex d'accepter de poursuivre leur liaison après la fin de sa mission, ce qui aurait été non seulement irréalisable, puisqu'ils vivaient sur deux continents différents, mais aussi très dangereux.

De toute façon, tu n'es pas assez bien pour elle.

Il se versa un autre verre et en descendit la moitié. Il n'était assez bien pour personne, comment avait-il pu l'oublier ? Vouloir être désiré par Alex ne l'aurait mené qu'au fond du gouffre puisqu'un jour ou l'autre, il l'aurait déçue.

Non, il était bien mieux sans les potentiels ravages émotionnels d'une relation qu'il aurait inévitablement gâchée. Il ne voulait ni ne méritait la responsabilité du bonheur et du bien-être d'Alex. Bon sang, il ne savait même pas qui il était ! L'enfant paumé, non désiré et mal aimé ? Le pirate informatique insolent et rebelle ? L'expert en cybersécurité à la tête froide ? Ou un homme déchiré par de vains sentiments pour une femme qu'il ne pourrait jamais avoir ?

Il survivrait. Comme d'habitude. Et il avait ses frères, désormais. Il apporterait en Angleterre le paquet de lettres non décachetées que Valentina lui avait donné. Il les lirait avec Finn et Rico plutôt qu'avec Alex : c'était plus dans l'ordre des choses.

Il ne doutait pas qu'au réveil, il réaliserait que tout s'était arrangé pour le mieux. Il avait traité Alex de façon épouvantable, il méritait par conséquent les regrets et la honte qui le traversaient. Toutefois, il s'était montré sage en mettant un terme à leur relation avant qu'elle ne devienne incontrôlable et qu'il ne fasse encore plus de dégâts. Il n'aurait pu supporter de la rendre malheureuse, ce qui aurait été la conclusion inévitable. Tôt ou tard, elle parviendrait à la même conclusion.

Demain, il fera jour, se dit-il en se resservant un verre.

Pourtant, trois jours plus tard, assis avec ses frères dans le salon de Finn, Max avait toujours l'impression d'être plongé dans les ténèbres. Alex ne quittait pas le cœur de ses pensées. Il avait été dévasté d'apprendre qu'elle avait envoyé sa facture à Finn le jour même de son retour à Londres, comme si elle n'avait pas pu attendre une minute de plus pour rompre définitivement le lien qui les avait unis. Et il s'en voulait terriblement de ne pas parvenir à museler ses émotions.

Il avait pensé l'avoir chassée de sa vie, s'en était montré soulagé, mais ce soulagement n'avait pas survécu à la bouteille de bourbon. Depuis, il se sentait mal à l'aise comme jamais. Il donnait le change pour le monde extérieur, mais intérieurement, il s'effondrait. Chaque fois qu'un souvenir du temps passé avec Alex lui revenait en mémoire, son impact le faisait suffoquer. Il était sans attaches, à la dérive, et le choc qu'il avait reçu en lisant les lettres de sa mère n'avait rien arrangé.

Car, une fois de retour à Isla Mariposa, après sa nuit d'ivresse solitaire, il avait passé deux jours à traduire les lettres que leur mère avait écrites. Chacune comptait de nombreux feuillets, jusqu'à douze ou quinze, et, mises bout à bout, elles détaillaient l'histoire de sa vie – et de celle des triplés dans la mesure où elle en avait eu connaissance. Elles étaient remplies d'explications, de justifications, puis disaient l'espoir qu'elle avait eu de les retrouver. Ensuite, lorsque cela avait semblé de moins en moins probable, elles exposaient les rêves qu'elle avait eus pour eux. Sa colère, sa tristesse, son amour transpiraient de ces lignes. Les lire et les traduire l'avait anéanti.

Cela semblait aussi choquer ses frères, qui les lisaient en silence depuis deux heures, les mâchoires serrées, les sourcils froncés. La lutte pour la maîtrise de soi paraissait être aussi difficile pour eux qu'elle l'était pour lui.

— Je ne sais pas si c'est la poussière ou le pollen…, marmonna Finn d'un ton bourru en se frottant les paupières.

Il venait de reposer la dernière page, celle où l'affliction de leur mère, sachant qu'elle allait mourir sans jamais les retrouver, avait déchiré le cœur de Max en lambeaux.

— Oui, j'ai quelque chose dans l'œil, moi aussi, dit Rico en se raclant la gorge.

— Je vais aller chercher Georgie, déclara Finn en se levant.

Rico l'imita :

— Et moi Carla.

Ils sortirent de la pièce, laissant Max seul, happé par un tourbillon d'émotions violentes. Il réalisa qu'il enviait ses frères. Pour les relations qu'ils avaient construites avec les femmes qu'ils aimaient. Comment faisaient-ils ? Il aurait aimé le savoir. Parce que, au fond, il ne voulait pas être seul.

Il voulait Alex. Mais oui, bon sang ! Il la voulait comme Finn avait Georgie et Rico avait Carla. Pas seulement pour l'aider à naviguer dans les eaux agitées, mais pour voguer avec lui par tous les temps. Tout le temps.

Ce qui signifiait qu'il avait été le plus grand imbécile de la planète en repoussant cette femme exceptionnelle, qui le comprenait et qu'il comprenait d'instinct, d'un simple regard. Il avait saboté la meilleure chose qui lui soit jamais arrivée parce qu'il avait eu peur.

Il se leva d'un bond et commença à faire les cent pas dans le salon. Le passé était le passé, et il avait le choix, désormais. Il pouvait soit continuer à se laisser ronger par l'amertume et le ressentiment, soit se débarrasser de ce fardeau et aller de l'avant. C'était un peu effrayant, mais ne pas se battre serait lâche.

Ce futur redessiné pouvait-il contenir Alex ? Il le souhaitait ardemment. Était-il amoureux d'elle ? Bon sang ! Comment le saurait-il, puisqu'il n'avait jamais éprouvé ce sentiment ? Mais quelque chose devait expliquer le trou béant dans sa poitrine, sa gorge en permanence serrée, la douleur dans son cœur et la tête qui lui tournait dès qu'il pensait à elle – à savoir presque tout le temps.

Oui, il devait être amoureux d'elle, songea-t-il, pris de vertige à cette idée. Il l'avait probablement été depuis le moment où ils s'étaient rencontrés. Voilà pourquoi il avait trouvé si amusant de la provoquer. Voilà pourquoi il avait été si déterminé à la conquérir. Voilà pourquoi il avait besoin de ses sourires et voulait la rendre heureuse.

Les lettres de leur mère prouvaient que ses frères et lui avaient été aimés, autrefois. Très aimés. Il avait compté et avait été désiré. Et maintenant il réalisait qu'il voulait être important pour Alex, autant qu'elle comptait pour lui.

Avec le recul, il trouvait pathétiques ses inquiétudes quant à leur liaison. Elle n'avait rien exigé de lui, ni sacrifices ni qu'il devienne quelqu'un d'autre. Les compromis qu'il avait faits l'avaient rendu heureux, lui aussi. Il n'avait rien à craindre de l'amour. Une relation n'était pas obligatoirement toxique ou destructrice.

Aujourd'hui, il savait qu'il voulait mériter cette femme incroyable. Et, si elle avait des attentes à son égard, il voulait passer le reste de sa vie à essayer de les satisfaire.

Le matin même, Finn lui avait demandé s'il voulait inviter

quelqu'un à leur dîner d'anniversaire. Il avait répondu par la négative. Or il venait de changer d'avis. Il souhaitait convier Alex. Il voulait une seconde chance.

Pourvu qu'il ne soit pas trop tard…

13.

Depuis son retour à Londres, Alex n'avait pas chômé, bien décidée à développer Osborne Investigations grâce à l'argent de Finn. Elle avait toutefois pris le temps de rendre visite à sa famille, avec laquelle elle avait passé une des pires heures de sa vie, notamment parce que son frère aîné lui avait demandé dix mille livres sterling et avait craché à ses pieds quand elle avait refusé. À ce moment-là, tous les scrupules qu'elle avait à les rayer définitivement de sa vie s'étaient évaporés. Elle avait vidé son sac et était repartie sans un regard en arrière – et sans regret. Elle était définitivement seule, désormais, mais elle était indépendante et forte.

Elle n'avait pas le temps de penser à Max. La manière abrupte et indélicate avec laquelle il l'avait plaquée l'avait bouleversée, mise en colère et attristée tout à la fois. Pourtant, une fois parvenue à destination, elle s'était déjà remise. Quelqu'un qui se montrait aussi cruel ne la méritait pas et ne valait pas la peine qu'elle s'y attarde, dieu du sexe ou pas. Heureusement qu'elle n'était pas tombée amoureuse de lui…

Alors, lorsque l'invitation à la fête du trente-deuxième anniversaire des triplés, chez Rico, était arrivée dans sa boîte de réception, Alex n'avait vu aucune raison de refuser. Elle n'était jamais allée à Venise. De plus, elle serait heureuse de revoir Finn et Rico, et de rencontrer Georgie et Carla. Et puis il y aurait tellement d'invités qu'elle n'aurait sans doute pas beaucoup d'occasions de croiser Max.

Assise dans le bateau-taxi qui s'approchait de l'île de Rico, dans la lagune, Alex s'efforçait de garder son calme. Son cœur battait si fort qu'elle craignait qu'il ne s'échappe de sa poitrine. C'était sans doute dû à l'exaltation de la découverte de Venise, se dit-elle. Elle replaça une mèche de cheveux derrière son oreille. Elle les avait détachés non pas parce que Max les préférait ainsi, mais parce que cela allait mieux avec la robe qu'elle avait achetée pour l'occasion. Et si Max la préférait en robe plutôt qu'en tailleur-pantalon, qu'y pouvait-elle ?

Alex reporta le regard sur l'île. Sans prévenir, tout son corps s'embrasa. Grand, solide, beau à se damner, Max, debout sur la jetée, semblait la chercher des yeux.

Alors, avec un pincement au cœur, elle réalisa qu'elle s'était fait des illusions : elle n'en avait pas fini avec lui…

Tout ce qu'elle pensait avoir réussi à enfouir remonta d'un coup à la surface : les rêves érotiques qui la réveillaient chaque nuit ; les innombrables fois où elle avait dû s'empêcher de l'appeler pour donner et prendre des nouvelles ; les moments de doute après avoir rayé sa famille de sa vie, durant lesquels elle aurait eu besoin de son écoute et de son soutien.

Tremblante, elle inspira profondément et ordonna à son pouls galopant de ralentir. Après tout, il était naturel que son subconscient se souvienne des meilleurs orgasmes qu'elle ait jamais eus, et que son corps en redemande, non ? Cela ne signifiait rien.

Le bateau accosta. Alex peignit sur son visage une expression polie et distante.

— Bonjour, dit Max, dont le pâle sourire fit malgré tout fondre son stupide cœur fleur bleue.

Il avait le visage émacié et des poches sous les yeux.

— Tu as une mine épouvantable.

— Et toi, tu es magnifique.

Le compliment la chatouilla agréablement, mais la voix de la raison lui ordonna de ne pas se laisser distraire, de se concentrer sur la colère qu'elle éprouvait encore.

— Merci.

Il enfonça les mains dans les poches de son pantalon. Malgré son air maladif, il y avait quelque chose de remarquablement calme dans son regard indigo, quelque chose de posé. Alex ne parvenait pas à définir de quoi il s'agissait. Il lui proposa de l'accompagner jusqu'à la maison. Alex lui emboîta le pas. Ils échangèrent deux ou trois banalités. Elle réussit à rester polie, mais froide.

— Je suis content que tu sois là, dit-il après un silence.

— Difficile d'imaginer pourquoi !

— Tu es partie sans dire au revoir.

Comme si j'avais eu le choix…

— Mon travail était terminé. Une fois que tu es parti à Salta, je n'avais plus besoin de rester.

— Tu ne veux pas savoir ce qui s'est passé ?

Elle en avait envie. Vraiment. Elle n'avait pas demandé à Finn, de peur de ne pas pouvoir s'empêcher de poser des questions sur Max.

— Si, bien sûr, dit-elle avec un haussement d'épaules désinvolte. Que s'est-il passé ?

— Valentina, ma cousine, n'a jamais rencontré notre mère. Qui est morte à Buenos Aires il y a six ans. Cancer du pancréas.

Oh ! Mon Dieu…

— Je suis vraiment désolée pour toi, souffla Alex, avec d'autant plus de sincérité et d'empathie qu'elle avait la gorge nouée.

— Heureusement, elle nous a laissé des lettres. Elle nous écrivait une fois par an, le jour de notre anniversaire, puis elle a rédigé la dernière lettre quelques semaines avant sa mort. Dans ces écrits, elle explique tout.

— Que s'est-il passé ?

— Elle a couché avec un type rencontré dans un bar quand elle avait seize ans. Elle ne savait pas qui il était et ne l'a jamais revu. Ses parents étaient profondément religieux : lorsqu'ils ont découvert qu'elle était enceinte, ils l'ont envoyée dans un couvent. Nous lui avons été enlevés par les religieuses à l'âge de deux mois. Elle n'a jamais su où nous avions été emmenés ni ce qui nous était arrivé. Elle s'est échappée du couvent, est allée à Buenos Aires pour trouver du travail et n'a plus jamais parlé à ses parents. À leur mort, elle a établi le contact avec sa sœur, mais elle était alors malade et il ne lui restait plus beaucoup de temps.

— C'est tellement triste, soupira Alex en secouant la tête.

— Elle n'a jamais cessé de nous chercher.

— Elle devait tous vous aimer beaucoup.

— C'est certain.

Ils firent quelques pas en silence. À travers les rangées de cyprès, Alex distinguait une bâtisse magnifique.

— Tu veux lire les lettres ? demanda soudain Max.

Elle hésita. Elle en mourait d'envie, bien sûr, mais…

— Je suis passée à autre chose, répondit-elle en un demi-mensonge.

Max s'arrêta brusquement et la dévisagea.

— Je suis désolé de ne pas t'avoir emmenée à Salta, Alex. J'avais besoin de toi là-bas.

Elle endurcit son cœur pour qu'il ne fonde pas. Ses excuses arrivaient bien trop tard.

— Ne t'en fais pas, dit-elle avec une légèreté qu'elle ne ressentait pas du tout. De l'eau a coulé sous les ponts. Sans rancune. Tout va bien.

— Tout va bien, vraiment ?

Quelque chose dans son ton obligea Alex à croiser son regard. La sombre intensité qui s'en dégageait lui donna des frissons.

— Absolument.

— Et si je te disais que je t'aime ?

Le monde s'arrêta une seconde, puis recommença à tourner. *Sois forte, Alex !* s'intima-t-elle. Elle avait travaillé dur pour construire son équilibre. Le risque de tout bouleverser pour un homme qui d'évidence jouait avec ses émotions était trop grand.

— Je dirais qu'on se connaît depuis moins de deux semaines et je te demanderais quelle drogue tu as prise.

— Je sais que c'est rapide, mais je suis amoureux de toi, Alex. Je pense que je le suis depuis le moment où nous nous sommes rencontrés.

— J'ai bien failli me faire avoir ! Tu joues bien la comédie.

— La seule personne à qui j'ai joué la comédie, c'est moi-même.

Alex déglutit péniblement. Elle avait grand besoin de boire un verre et de se mêler à la foule, de s'éloigner de Max pour réfléchir en paix. Ils avaient atteint la jolie terrasse décorée de guirlandes lumineuses qui surplombait la lagune. Mais où était la fête ? Pourquoi la table était-elle mise pour six personnes ?

— Où sont les autres ? demanda-t-elle, anxieuse.

— Finn et Georgie mettent leur fils au lit. Rico et Carla sont dans la cuisine en train de préparer les pâtes.

Quoi ? Horrifiée, Alex réalisa que ce n'était pas une fête. C'était un dîner intime. Un dîner de famille. Qu'est-ce que ça voulait dire ? Elle était perdue. Tout ce qu'elle voyait, c'était qu'elle avait commis une erreur monumentale en venant ici.

— Je suis désolée, bredouilla-t-elle, paniquée. Je… je dois partir.

Max avait imaginé une centaine de réactions possibles d'Alex à ses excuses et à sa déclaration d'amour, mais pas qu'elle tourne les talons et prenne la fuite. Pourtant, elle redescendait déjà les marches vers la jetée. Il était tellement stupéfait qu'il lui fallut dix secondes avant de se mettre en action.

— Arrête ! lança-t-il, même si elle ne pouvait plus quitter l'île, à présent que le bateau-taxi était reparti.

Il la rattrapa et posa une main sur son bras. Elle le repoussa, mais elle s'arrêta et se tourna vers lui. Son expression tourmentée lui transperça le cœur.

— L'amour et toi, ça fait deux, lui jeta-t-elle au visage.

— Sauf avec toi.

— Alors comment as-tu pu me repousser comme tu l'as fait ? s'écria-t-elle, les yeux brillants de larmes.

— Je suis tellement désolé d'avoir agi comme ça ! Je suppose que j'essayais de me protéger. J'ai appris très tôt dans la vie à réprimer mes émotions. C'était la seule façon pour moi de survivre. J'ai grandi en croyant que je ne valais rien, que j'étais indésirable, ce qui ne s'est pas arrangé quand j'ai découvert que j'avais été adopté. C'est une habitude difficile à perdre.

— Tu m'as fait beaucoup de mal.

— Je sais, et ça me brise le cœur. Ce n'est pas une excuse, mais j'avais du mal à savoir qui j'étais.

— Tu aurais dû me demander. Moi, je sais qui tu es.

— Tu es la seule personne au monde qui le sache. Tu as brisé mes défenses, Alex, et c'était terrifiant, au début. Maintenant, ça ne l'est plus du tout. Le fait que tu me connaisses et que je te connaisse me rend incroyablement heureux. Je t'aime et j'aimerais passer le reste de ma vie à te le prouver.

Il s'interrompit et prit une profonde inspiration. Son univers se réduisait désormais à cette femme et à ce qu'elle allait lui répondre.

— Et toi, que ressens-tu pour moi ?

Alex l'ignorait. Max avait fait naître en elle tellement d'émotions qu'elle ne parvenait plus à les démêler. Mais il attendait une réponse et, à la façon dont son regard était rivé au sien, c'était important pour lui. *Très* important.

— Tu me donnes l'impression d'être au sommet du monde puis au fond d'un gouffre dans la même minute. Ce n'est pas la vie que je veux vivre. J'ai besoin de stabilité et de sécurité. Ça a toujours été le cas.

— Je vais te les apporter.

Il pensait sans doute sincèrement en être capable, mais Alex savait que c'était impossible. Il n'était pas ce genre de personne.

— Comment ? Tu es le chaos et l'imprévisibilité. Tu ne veux pas changer, pas plus que je ne veux le faire, et c'est très bien ainsi.

— J'ai déjà changé et je l'accepte. J'en ai fini avec le chaos. C'est mon choix. Parce que je t'ai choisie. Fais-moi confiance, Alex. Prends un risque avec moi. Tu ne le regretteras pas.

Comment pouvait-il en être aussi sûr ? se demanda-t-elle, ébranlée par son calme, sa détermination et sa force de persuasion. Plus elle le fixait droit dans les yeux, plus elle s'apaisait.

Pourrais-tu prendre un tel risque ? En as-tu seulement envie ?

La réponse jaillit aussitôt : oui, oui, mille fois oui ! Parce qu'elle était amoureuse de lui, comprit-elle tandis que les murs qu'elle avait construits autour de son cœur dans l'avion du retour tombaient en poussière. Follement et irréversiblement amoureuse. Elle avait été si triste, ces deux derniers jours ! Rien qu'en étant ici avec lui, les couleurs étaient plus vives, les sons plus clairs, les odeurs plus affirmées. Quand il la provoquait, la défiait, elle se sentait vivante. Il était l'opposé de son portrait-robot de l'homme idéal, mais elle avait eu tort. Ils étaient comme les deux faces d'une même pièce.

— Tu m'as manqué, dit-elle, la voix hachée par la force des émotions qui la traversaient.

— Tu m'as manqué aussi.

— Et… et si ça se passait mal ? ne put-elle s'empêcher de demander, la boule au ventre.

— Ça n'arrivera pas.

— Tu n'en sais rien. Je l'ai déjà vécu.

— Je le sais, mais moi, je ne le permettrai pas. Je ne veux pas que tu sois quelqu'un d'autre qu'Alex Osborne. Pourquoi le voudrais-je, alors que tu es absolument brillante ?

Il avait prononcé ces mots avec une certitude tranquille qui la remplit de confiance et balaya ses doutes.

— Et toi, tu n'es pas sans valeur, bien au contraire.

— Je t'aime, et je serai toujours là pour toi, comme tu l'as été pour moi.

Elle devait lui faire confiance. Elle le voulait. Tout ce qu'elle avait à faire était de prendre un risque, qui n'était même pas un grand risque. Elle n'avait jamais été aussi sûre de quoi que ce soit dans sa vie.

— Je t'aime aussi, avoua-t-elle en enroulant les bras autour de son cou.

Les larmes coulaient sur ses joues, mais Alex n'en avait cure. Son cœur battant à se rompre était plein à ras bord d'un bonheur pur et intense, à tel point qu'il lui semblait trop grand pour sa poitrine.

Leurs bouches se rencontrèrent dans un baiser à la fois tendre et brûlant. Jamais Alex n'avait été aussi heureuse. Lorsque leurs bouches se séparèrent, le soleil jetait ses derniers feux, prêt à disparaître sous l'horizon.

— Bon anniversaire, Max, murmura-t-elle.

Il lui offrit en retour son sourire le plus aveuglant.

— C'est un *très* bon anniversaire…

Épilogue

Le jour de Noël, trois mois plus tard

Le sapin qui trônait dans le salon de Finn et Georgie, dans leur vaste manoir situé dans la campagne de l'Oxfordshire, était si haut qu'il touchait presque le plafond. Des guirlandes lumineuses couraient sur les branches épaisses et larges auxquelles pendaient des boules d'or et d'argent.

L'arôme riche de la dinde farcie et rôtie emplissait le rez-de-chaussée de la maison ; des chants de Noël sortaient en sourdine des haut-parleurs disséminés discrètement au plafond.

Dehors, sous un ciel bleu sans nuages, dans la lumière vive de l'hiver, Josh, deux ans et demi, construisait un bonhomme de neige avec sa mère, Georgie, et sa tante Carla. Alex cherchait des bâtons pour lui faire des bras.

Cette année, la table de la salle à manger était dressée pour sept personnes, mais l'année suivante, où qu'ils choisissent de passer ensemble les fêtes de fin d'année (Londres, Venise ou les Caraïbes), ils seraient plus nombreux. En effet, Georgie et Finn allaient accueillir une fille sous leur toit, et Carla devait accoucher en août. Sans compter que, le matin même, Alex avait appris à Max qu'il deviendrait papa en septembre.

Devant le feu dans l'âtre, les frères se tenaient côte à côte, chacun sirotant un verre de scotch en regardant par la fenêtre l’activité qui régnait au-dehors. Il n’était pas difficile d’imaginer qu’ils pensaient la même chose en même temps, à savoir qu’ils avaient de la chance de s’être retrouvés et d’avoir l’amour de femmes extraordinaires.

— Je voudrais porter un toast, proposa Max.

— Au meilleur Noël depuis trente-deux ans ? hasarda Rico.

— Et à tous ceux qu’il nous reste à partager ? intervint Finn.

— À la famille !

Vous avez aimé ce roman ?
Retrouvez en numérique l'intégrale de votre série
« Les fils perdus d'Argentine » :

1. *Ce lien irrésistible*
2. *Séduite par un Vénitien*
3. *Le milliardaire sans limites*

**La vengeance d'un Espagnol,
de Pippa Roscoe - N°4631**

Emily n'a pas revu Javier Casas depuis qu'elle l'a quitté, six ans plus tôt. C'est donc un choc pour elle d'être appelée au chevet de son époux, blessé au cours d'un accident. Alors que les médecins le disent amnésique et demandent à Emily de prendre soin de lui, elle doute. Ou plutôt, elle *sait* que Javier, fidèle à lui-même, se souvient de tout et ne cherche qu'à la ramener chez lui pour lui rappeler les moments délicieux qu'ils ont partagés avant de se haïr…

**Une servante pour épouse,
de Jackie Ashenden - N°4632**

Prisonnière depuis l'enfance, Rose mène la vie difficile d'une servante. Jusqu'au jour où elle ose demander de l'aide à Ares Aristiades, qui séjourne dans le manoir de son geôlier. Malgré les balafres qui marquent son visage, l'homme d'affaires grec lui inspire confiance… et désir ! Une alchimie d'autant plus troublante qu'Ares la soumet à un pacte dangereux : il rendra sa liberté à Rose si elle l'épouse et lui donne un héritier…

Le play-boy des sables, de Maya Blake - N°4633

Un cauchemar. Pour Javid al-Jukrat, devenir le souverain de Riyaal est inconcevable. Et pourtant, en tant que prince suppléant, il n'a d'autre choix que d'endosser le rôle que le destin lui impose aujourd'hui. Pire encore, il doit renoncer à sa vie de play-boy notoire pour épouser l'innocente Anaïs, avec laquelle il n'a rien en commun. Du moins le croit-il, car dans la chambre à coucher leur mariage de convenance prend soudain une tournure délicieusement passionnée…

L'inconnu des Bahamas, de Cara Colter - N°4634

Depuis qu'elle a été abandonnée devant l'autel, Marlee déteste les mariages. Et ce n'est pas cette noce organisée à Coconut Bay qui la fera changer d'avis. Quoique… Arrivée sur l'île paradisiaque, elle est vite envoûtée par les plages de sable doré, les fleurs multicolores, les cocotiers à perte de vue… et le regard brûlant de Matteo, un inconnu rencontré sous les étoiles. Alors, Marlee s'autorise une liaison aux Bahamas, une parenthèse à savourer contre toute raison…

Mon irrésistible milliardaire, de Lucy King - N°4635

Nick Morgan, le meilleur ami de mon frère, me déteste depuis toujours. Et pourtant, c'est à lui et à ses talents de financier que j'ai décidé de faire appel, quand j'ai brusquement hérité une fortune colossale. C'est ainsi que je me retrouve sur Suza, son île privée au cœur de l'océan Indien. Mon séjour supposé professionnel prend immédiatement une tournure inattendue. Non seulement une tempête tropicale m'oblige à rester auprès de Nick davantage que je ne l'avais imaginé, mais surtout le désir qui nous rapproche est aussi irrépressible que la haine qui nous oppose…

Le jeu d'une princesse, de Jessica Gilmore - N°4636

Sœur cachée d'une princesse, Clem mène une vie tranquille en Cornouailles. Jusqu'au jour où sa chère Arrosa lui rend visite, afin de lui annoncer le mariage arrangé auquel elle consentira bientôt. Touchée par sa détresse, Clem lui propose d'échanger leurs vies durant l'été. Arrosa se reposera au village, tandis qu'elle prendra sa place au palais. Un jeu de rôle simple et innocent en apparence, du moins Clem le croit-elle. Car elle ne tarde pas à être démasquée par Akil, le sublime vicomte d'Ortiz, le promis de sa sœur…

Nuits volées avec un roi, de Sharon Kendrick - N°4637

Rosie n'est pas de sang royal, elle n'a même pas le sang bleu. Elle n'est ni riche ni célèbre. Et pourtant, elle a grandi en rêvant que Corso, le prince héritier du trône de Monterosso, voie en elle autre chose que la gentille fille d'un domestique. Or voilà que, devenus adultes, tous deux se retrouvent pour une tournée internationale. Entre Londres, Paris et New-York, Rosie succombe à une passion interdite entre les bras de l'homme qu'elle aime, tout en sachant que bientôt il devra choisir parmi l'élite sa reine…

Le fruit du hasard, d'Emmy Grayson - N°4638

SÉRIE : *LES FRÈRES CABRERA* - 2/3

Organisatrice d'événements ultra-efficace, Calandra ne laisse rien au hasard. Jusqu'à sa rencontre avec Alejandro Cabrera, directeur d'une compagnie maritime et grand séducteur. Cet homme insupportable a beau être son exact opposé, il l'attire dangereusement. Au point qu'elle perd la raison entre ses bras, au cours d'une nuit passionnée. Le réveil est brutal pour Calandra, hélas ! Bientôt, en effet, elle se découvre enceinte de son amant…

Les vœux de Nikolaï, de Lucy Monroe - N°4639

SÉRIE : *DÉCRET ROYAL* - 1/3

Lorsqu'elle n'était qu'une adolescente naïve, Lady Nataliya a signé un contrat stipulant qu'elle convolerait un jour avec le prince de Mirrus. Aujourd'hui pressée de se libérer de ce piège matrimonial, elle vend à un journal le récit scandaleux de ses cinquante rendez-vous amoureux ! Sa stratégie fonctionne à merveille : son promis, furieux d'être ridiculisé, rompt leurs vœux. Hélas, le frère de ce dernier – le roi Nikolaï en personne – exige de Nataliya qu'elle respecte l'accord originel en l'épousant à la place !

Tendre scandale, de Dani Collins - N°4640

SÉRIE : *QUATRE MARIAGES ET UN BÉBÉ* - 1/4

C'est une habitude chez Hunter : il s'attend toujours au pire. Pourtant, rien ne l'avait préparé au scandale qui s'abat sur lui le jour même de ses noces. Alors qu'il se trouve au côté de sa future épouse, une riche héritière qui devrait l'aider à établir sa respectabilité, voilà que le mariage est interrompu par une autre femme. La douce Amelia, avec laquelle il a passé une nuit enivrante un an plus tôt, a fait irruption dans l'assistance avec un bébé dans les bras ! Une petite fille qui ressemble étrangement à Hunter…

Un bébé venu de Grèce, de Melanie Milburne - N°4641

Lorsqu'elle se découvre enceinte, Emily est bouleversée. Et dire qu'il lui a suffi d'une seule nuit d'amour pour en arriver là… Hélas, si l'idée d'être mère l'emplit d'émotion, elle sait que la situation est loin d'être idyllique. Car le père de son enfant n'est autre que Loukas Kyprianos, un milliardaire grec qui ne lui a plus donné de nouvelles après leur folle étreinte. Comment réagira cet homme réfractaire à tout engagement, quand elle lui révélera qu'ils sont désormais liés à jamais ?

RESTEZ CONNECTÉ AVEC HARLEQUIN

Harlequin vous offre un large choix de littérature sentimentale !

Sélectionnez votre style parmi toutes les idées de lecture proposées !

www.harlequin.fr

- **Découvrez** toutes nos actualités, exclusivités, promotions, parutions à venir...
- **Partagez** vos avis sur vos dernières lectures...
- **Lisez** gratuitement en ligne
- **Retrouvez** vos abonnements, vos romans dédicacés, vos livres et vos ebooks en précommande...

L'application Harlequin

- Des **ebooks gratuits** inclus dans l'application
- **50 nouveautés tous les mois** et + de 7 000 ebooks en téléchargement
- Des **petits prix** toute l'année
- Une **facilité de lecture** en un clic hors connexion
- Et plein d'autres avantages...

Téléchargez notre application gratuitement

Télécharger dans l'App Store

DISPONIBLE SUR Google Play

SUIVEZ-NOUS !

facebook.com/HarlequinFrance
twitter.com/harlequinfrance